Future Fiction

Collana diretta da

Francesco Verso

Clelia Farris

I vegumani

Associazione culturale Future Fiction
Via Valentiniano 40 – 00145 Roma
P.IVA 15586791004

Titolo *I vegumani*
© 2022 Future Fiction, Roma
I edizione luglio 2022
ISBN: 9788832077544

1.

Alle dieci del mattino, fuori dalla serra, la temperatura raggiungeva i trentacinque gradi. Insolitamente fresco per il mese di marzo. La Nonna aveva dato un'occhiata al display del termometro, inserito nella parete esterna dell'edificio. Sollevò lo sguardo verso il Sole con aria di sfida, inforcò gli occhiali a fascia e si avviò all'appuntamento.

Doveva incontrarsi con Retama Belu alla Duchessa, un dedalo di costruzioni abbandonate, tetti crollati, mura di cemento armato corrose, invase dalle radici degli ailanti, dei fichi e delle piante selvatiche. Discese i gradini spezzati di una larga scalinata esterna e si fermò in un pianerottolo che gli alberi intorno avevano trasformato in radura; il silenzio era rotto soltanto dagli insetti ronzanti e dal leggero stormire delle foglie alla debole brezza di nord-ovest.

Si mise a camminare in cerchio, calciando via le foglie secche, le lattine di acqua refrigerata, le buste di cibo disidratato su cui si affollavano le vespe. Quell'idiota di Belu era in ritardo. Meglio per lui che avesse i soldi pronti. Nella mano sinistra stringeva il manico di un pungolo elettrico per animali e con l'indice tormentava il pulsante dell'attivazione.

Una lucertola sbucò da sotto un sasso e le passò davanti, mulinando le zampette sul granito polveroso, diretta all'ombra di un'altra roccia. Un rapido movimento del polso e la frusta invisibile l'aveva tranciata in due. La metà anteriore fece ancora qualche passo prima di crollare, la coda continuò a sferzare la sabbia, disperata, come se volesse ricongiungersi al tronco.

Povera illusa. La Nonna disprezzava le speranze e gli speranzosi. La coda, però, aveva raggiunto il moncone della lucertola e, per una strana sensibilità animale, pareva accostarsi all'altra se stessa, ancora pulsante di vita, in un estremo tentativo di riunificazione. Con un calcio la allontanò e la mandò a finire in mezzo al groviglio di erba primaverile.

Tre figure ombreggiate da cappelli di fibra vegetale stavano risalendo la gradinata, facendosi largo tra le fronde.

"Buongiorno," esordì il più anziano.

"Il giorno è sempre cattivo!" lo fermò la Nonna. "Ti sei portato i puntelli, mal'erba?" Accennò col mento ai due ragazzi, magri e allampanati, che lo affiancavano e si tenne pronta ad azionare la frusta.

"I miei figli," li presentò lui. I ragazzi si sfilarono dalla schiena due recipienti con le cinghie e li appoggiarono sul terreno.

"Ho un regalo per te. Invecchiato tre anni in grotta a temperatura costante."

La Nonna sentì la saliva allagarle la bocca e una improvvisa arsura nella gola. Ma non voleva farsi distogliere dagli affari.

"Andiamo al sodo. Quanto vuoi rischiare?"

"Mi sono rivolto a te perché si dice che accetti qualunque puntata."

"Solo se mi conviene."

"La mia famiglia conta sulla tua discrezione, Nonna."

"Tacere conviene sempre."

Retama prese fiato e si decise a rispondere, rassegnato alle condizioni di lei.

"Un milione di erui sulla Permanenza."

La Nonna impiegò qualche secondo ad assimilare la richiesta.

"Mi hanno rigenerato i timpani poco tempo fa, ma non sono sicura di aver sentito bene. Vuoi puntare *un milione* sulla Permanenza?"

"Sì."

Se la famiglia Belu scommetteva tutti quei soldi su un evento così improbabile doveva avere i suoi buoni motivi. La maggior parte delle puntate le arrivavano dall'Esodo. I cittadini erano convinti che a Cabidanni gran parte della città si sarebbe vuotata, non passava giorno in cui qualcuno non emigrasse a Nord. Quell'anno le piogge primaverili non c'erano state e niente faceva pensare che sarebbero arrivate nei mesi successivi. L'acqua per le coltivazioni era stata dimezzata, lei lo sapeva bene. La serra faceva i salti mortali per far crescere gli ortaggi, aveva visto coi suoi occhi i pomodori minuscoli, le melanzane ridotte, le insalate legnose, e ora i Belu scommettevano sulla Permanenza.

"Trenta a uno," disse.

Retama sussultò per la sorpresa.

"Nella tua Nicchia hai messo la Permanenza cinquanta a uno."

"Per tutti gli altri è cinquanta a uno. Per te, e solo per te, è trenta a uno. Prendere o lasciare."

L'altro si sollevò il cappello dalla fronte e si asciugò il sudore.

La Nonna restò impassibile. Gli altri allibratori davano la Permanenza trenta a uno su una base dell'ottanta per cento, vale a dire l'Esodo sarebbe stato ritenuto valido soltanto se l'ottanta per cento dei cittadini fosse migrato. Lei era così sicura del fatto suo che aveva abbassato la percentuale al settanta. Qualcuno neppure prendeva in considerazione la Permanenza, tutto stava precipitando verso l'Esodo e niente pareva fermarlo.

Retama non avrebbe potuto trovare di meglio, soprattutto ora che aveva scoperto il gioco; svelare una simile puntata a un altro allibratore avrebbe scosso il sistema e messo in guardia tutti, che di conseguenza avrebbero aumentato la fiducia nella Permanenza.

"Accettiamo," disse Retama, chinando la testa.

La Nonna ne era certa. I Belu non erano stupidi.

Avrebbe voluto sapere su quale dato fondavano la loro scommessa ma chiedere era il modo migliore per non sapere.

Allungò verso Retama il braccio sinistro, ornato dal grosso bracciale torico d'argento che conteneva il microchip. Lui accostò al gioiello la mano sinistra; tutti si facevano inserire il microchip nel monticello di grasso alla base del pollice sinistro, se erano destrimani.

In una frazione di secondo la Nonna risucchiò un milione di erui dal conto dei Belu e proiettò in aria la schermata che le confermava l'avvenuto passaggio di denaro al proprio conto bancario.

Sorrise soddisfatta. "Ora assaggerò volentieri il tuo vino, Retama."

2.

Dalla pensilina della seggiovia Gazania scorse la figura nerovestita della Nonna allontanarsi in direzione della Duchessa e immaginò avesse qualche suo traffico in corso.

Di tutte le persone che abitavano nella serra, la Nonna era la più inutile: non collaborava alle coltivazioni, non aiutava a raccogliere e a distribuire i frutti agli affiliati e trattava i membri della cooperativa Astarte come stupidi.

Fosse dipeso da lei, l'avrebbe mandata via a calci nel sedere, per vedere come se la cavava a mangiare e bere il denaro delle scommesse, ma era una centenaria certificata, un bene protetto; la legge le attribuiva lo stesso valore di un olivo millenario, di una orchidea selvatica, di un ecosistema equilibrato.

"Prendiamo la seggiovia, Gaz?"

"Noi sappiamo come fare."

Amaryllis ed Hesperia erano comparsi accanto a lei. Indossavano entrambi i turbanti di fibra anti UVA, che proteggevano anche gli occhi grazie a una fascia bucherellata che copriva la metà superiore del volto.

"Tornate a dormire. C'è troppo caldo per voi."

"A noi piace il caldo," dichiarò Hesperia.

"Noi amiamo il caldo!" ribadì Amaryllis con forza.

Gazania represse un sorriso. Li adorava. Veri figli del deserto.

"Mettetevi i sandali. Non voglio vedervi andare in giro fuori dalla serra senza scarpe."

I bambini avevano previsto l'eventualità e si erano portati i sandali appesi al collo per le stringhe. In un attimo li calzarono e poi, a braccia larghe, pieni di gioia, volarono in direzione della pensilina che ombreggiava la fermata della seggiovia.

Prima ancora che Gazania li raggiungesse avevano sollevato un'asse del pavimento della banchina e stavano armeggiando con un quadro di controllo sottostante, digitando codici numerici a gran velocità. Con un cigolio, i seggiolini presero a muoversi lungo i cavi a cui erano sospesi.

"Si parte!" gridò Amaryllis. Spiccò un balzo e atterrò sul poggiapiedi del seggiolino.

Gazania ed Hesperia saltarono sui seggiolini dietro il suo e rimasero in piedi, tenendosi all'asta centrale. La città addormentata, bianca e silenziosa sotto il Sole del mattino, si stendeva sotto di loro mentre la teleferica li portava giù dalla collina di Campo della Pace.

Gli stormi di parrocchetti volavano chiassosi accanto a loro, fazzoletti verdi nell'aria turchina. Gazania respirò a fondo. Come i bambini, anche lei amava quel calore liquido, profumato di terra secca e fiori di cactus. I raggi del Sole le scioglievano i muscoli, le rilassavano il corpo, la facevano sentire parte del mondo.

In pochi minuti giunsero a valle. Accanto all'incrocio di via delle Spezie scesero d'un balzo alla stazione di cambio. I bambini si affrettarono a mettere in movimento la seggiovia che saliva verso la collina opposta, Monte Laro, la loro meta.

Visto dall'alto, il parco che lo circondava svelava tutte le sue piaghe: cespugli ingialliti, erba secca, fiori vizzi. A Gazania si strinse il cuore. Da un paio di mesi l'erogazione dell'acqua nei giardini della città era stata ridotta. Quell'anno le piogge autunnali non si erano presentate; a parte qualche sporadico temporale, le nuvole avevano disertato e i segni della sofferenza vegetale si leggevano sulle foglie polverose, nell'aria floscia dei rami giovani. La *Dichondra repens*, una succulenta calpestabile che formava il prato, verdeggiava, ma per quanto ancora?

"Guarda!" gridò Amaryllis a Gazania, indicando un punto sotto di loro.

Gazania strizzò gli occhi e mise a fuoco, alla base del pendio, un ragazzo in piedi, a braccia spalancate, in cima a una roccia. Si offriva alla luce completamente nudo, la pelle lucida, ricoperta da una patina verdognola, scintillante, la testa sollevata in direzione del Sole, la bocca semiaperta.

La stessa colorazione verde brillava sul corpo di Gazania, la sua pelle color cacao le conferiva una sfumatura metallica, simile ai riflessi variopinti sul carapace di un insetto.

"Asfodelo," disse Amaryllis.

Gazania annuì, il cuore chiuso in una morsa di paura e senso di colpa. Strinse i denti e fissò le mura della biblioteca, sempre più vicina.

Saltarono giù tutti e tre sulla piattaforma di granito bianco che caratterizzava la stazione della biblioteca. Un vialetto di ibischi dai fiori lilla li condusse all'arco di ingresso del primo cortile. Gazania c'era già stata ma per i bambini era la prima volta.

Toccarono le pietre calcaree bucherellate dal vento e dalle piogge acide; salirono e scesero ridendo una scala che non conduceva da nessuna parte e si affacciarono su due vasche squadrate, poco profonde, per scoprire che dentro, a parte un po' di polvere e qualche foglia secca portata dal vento, non c'era niente.

"A cosa servono?" domandò Hesperia camminandoci dentro.

"Nell'antichità si chiamavano fontane ed erano piene d'acqua," rispose Gazania.

"Acqua?" I bambini sgranarono gli occhi. "Così, in pieno Sole?"

"Gli Antichi erano spreconi."

Un secondo arco conduceva al cortile successivo; un pozzo circolare spiccava al centro. I bambini si affacciarono sulla bocca trepidanti di curiosità ma subito storsero il muso.

"È tappato!"

"Perché è chiuso? C'è anche il secchio!" Hesperia fece oscillare il secchio di metallo agganciato alla carrucola della crociera che sormontava l'apertura.

"Ornamento," replicò Gazania. Avrebbero potuto riempirlo di terra e farci crescere una bella clematide da far arrampicare alla crociera, ma gli architetti sembravano amare la nuda pietra.

Nel terzo cortile una statua di cemento, raffigurante un essere umano, dormiva coricata su un fianco sopra una catasta di libri in disordine, fatti dello stesso materiale. I bambini si misero a cavalcioni della statua.

Gazania andò dritta alla porta della biblioteca, cercò il campanello poi ricordò che non c'era e picchiò sul battente col pugno chiuso, ricevendo in risposta un gran rimbombo dall'interno. Attese ma la porta continuò a restare chiusa. Riprese a picchiare, aiutata dai bambini, accorsi a darle una mano.

Il battente si schiuse di poco.

"Dimoniu!" esclamò una voce dall'interno. "Tenis pressi?"

"Ho prenotato un libro."

Un essere alto quanto Hesperia e Amaryllis si affacciò sulla soglia. Magro, la testa rasata, indossava una tunica nera, due cilindri di vetro innestati nelle orbite degli occhi gli ingrandivano oltremisura le pupille. Li fissava con una smorfia di disprezzo, gonfiando il petto.

"Nome?"

"*Le cere vegetali in una prospettiva difensiva*," recitò Gazania.

"Il tuo nome, dimoniu. Qui non siamo al servizio dei primi letterati che si presentano a chiedere libri," e mentre lo diceva guardava accigliato i bambini, impolverati, coperti da una corta tunica di lino, le gambette magre chiuse nelle cavigliere di tessuto imbottito per difenderle dai morsi di serpente.

"Tu sei un Baballotto?" chiese Amaryllis.

"E conosci ogni testo a memoria?" aggiunse Hesperia.

Il bibliotecario si gonfiò come un rospo vanitoso. "Solo quelli che ho memorizzato."

"Ci reciti la poesia Finis Terrae?"

Gazania sollevò gli occhi al cielo. Da quando l'avevano letta, in una Nicchia dell'Hiperabitat, i bambini si erano fissati con quei versi malinconici che esprimevano la nostalgia per il pianeta del passato, verde e azzurro.

Come se non stesse aspettando altro, il Baballotto iniziò a declamare le terzine con voce piana, spiccando bene ogni parola. Quando giunse all'ultimo verso, i bambini gli fecero eco, recitando insieme a lui la chiusa: "*l'infinito deserto attonito mi guarda.*"

Rimasero per qualche istante in silenzio. Gazania avrebbe giurato di vedere un appannamento delle lenti del bibliotecario.

"Scusate, vorrei tornare al fresco prima delle ore zenit," disse. "Il mio nome è Gazania Nidosette. Il libro è pronto?"

"Siete in anticipo," rispose il Baballotto. "Stavo per tesserlo. Entrate."

Con un braccio fece loro cenno di seguirlo. I bambini si mossero compunti dietro a lui, Gazania riaccostò la porta. Il vestibolo, stretto, soffocante, aveva le pareti di tessuto assorbente che si gonfiavano e si sgonfiavano, come se stessero respirando.

"La gola di un drago," mormorò Hesperia. I bambini si erano presi per mano e si stringevano l'una all'altro.

"Ci toglie via la polvere esterna," disse Gazania. "È una tecnologia diversa da quella della serra."

Superata la gola del drago, si trovarono davanti a una tenda fluttuante fatta di strisce vellutate di tessuto che si muovevano in tutte le direzioni, dando l'impressione di essere vive.

"Serpenti!" disse Amaryllis.

Gazania rise e s'inoltrò per prima in mezzo alla tenda. "Anche questa serve per ripulirci dalla kefer."

I bambini allora risero con lei e la seguirono, facendosi leccare dalle lingue morbide dei serpenti finti. Facevano il solletico. Dall'altra parte si apriva una sala di pietra bianca, spoglia e fresca, occupata da una fila di tavoli di pietra; su ogni tavolo si trovava un telaio dalla struttura di alluminio e un ragno grande quanto una migale lo percorreva da sinistra a destra, da destra a sinistra, tessendo velocemente un filo dietro l'altro; a intervalli regolari l'animale si spostava di fianco e dall'alto scendeva un pettine che serrava la tela, poi il ragno ritornava al suo compito.

Le pagine si formavano così, foglio e parole insieme; al completamento del rettangolo un sistema automatico lo separava dal riquadro del telaio e lo faceva cadere in un cassettino sottostante, mentre l'aracnide attaccava con una nuova pagina.

Hesperia e Amaryllis si fermarono a una certa distanza dai tavoli, impressionati. Gazania aveva già visto i tessitori all'opera ma ogni volta restava affascinata.

Il bibliotecario, nel frattempo, aveva estratto da una cassettiera a parete un tubo metallico che conteneva quattro gomitoli grigi.

"Non più di un centinaio di pagine," aveva commentato soppesandoli.

Li inserì nello scomparto laterale di un telaio fermo. Allungò al ragno una pallottolina di cibo in cima a una bacchetta. Il ragno afferrò il cibo vischioso tra le sottili zampe anteriori e lo fece sparire in pochi bocconi aggraziati, dopo di che saltò sul telaio e iniziò a formare la prima pagina di *Le cere vegetali in una prospettiva difensiva*.

Il filo non usciva dal suo ventre ma dagli ugelli laterali del telaio, lui lo dipanava in righe ordinate con le sottili zampette anteriori, spostandosi da una parte all'altra della cornice.

"Bisogna aspettare," comunicò il Baballotto con solennità.

"Se c'è una cosa che gli agricoltori sanno fare..." commentò Gazania strizzando l'occhio ai suoi accompagnatori.

Hesperia e Amaryllis si sedettero sul pavimento a gambe incrociate e rimasero a osservare la tessitura del libro in silenzio, come se fosse uno spettacolo di marionette.

"Ci sono agricoltori impazienti," bofonchiò il bibliotecario. "A volte consegnano frutta acerba."

"Sei affiliato a una serra?" gli chiese Gazania.

"Prendo frutta e verdura alla Speranzosa, ma le loro fragole sono tremende. O me le portano dure e aspre, oppure molli e insapori."

"Ah be', la Speranzosa. Non mi meraviglio. Raccolgono le fragole prima della maturazione, acidule come limone. Poi, quando maturano tutte insieme, non riescono a stare dietro alle consegne e il surplus lo chiudono in frigo, facendole rammollire."

Il Baballotto sospirò. "Io adoro le fragole."

"Due cesti ti bastano? Te li porto quando ti riconsegno il libro, fra due mesi."

L'altro oscillò la testa, indeciso. Gazania sapeva bene che i libri si potevano tenere solo per un mese, ma aveva bisogno di più tempo per studiarlo con calma.

Mentre il bibliotecario rifletteva, inviò un messaggio a Jodis sul canale privato della serra.

Gaz: abbiamo semi di fragola in dispensa?

Lui rispose dopo qualche secondo.

Jod: le fragole le coltiva la Speranzosa.

Gaz: non ti ho chiesto chi le coltiva. Ne abbiamo o non ne abbiamo?

Jod: ci sono.

Gaz: mettili sotto la lampada, mi servono quaranta piantine per maggio.

Jod: non possiamo fare concorrenza a un'altra serra.

Gaz: sono per uso personale.

Jod: ???

Chiuse la comunicazione. Il libro era pronto, la copertina spiccava in cima alla pila di fogli stampati dentro il recipiente sotto il telaio. Il bibliotecario sollevò l'incartamento con una grossa pinza e Gazania allungò le mani per riceverlo.

"Deve passare per l'asciugatrice, sennò quando lo sfogli ci resti attaccata." Emise uno squittio di gola, il suo equivalente di una risatina. Infilò il volume in uno spazio rettangolare nel muro, da cui fuoriuscì uno sbuffo di aria calda. In pochi secondi le pagine flosce assunsero la consistenza della carta da libro.

"Due cesti andranno bene," disse il bibliotecario.

3.

Invece di riprendere la seggiovia, discesero la collina a piedi. Gazania non si sarebbe perdonata se fosse andata via senza accertarsi dello stato di salute di Asfodelo. Seguita dai bambini, attraversò in silenzio il sentiero sotto i pini, stringendo al petto il prezioso libro conquistato con la promessa delle fragole.

Le fronde degli alberi formavano un secondo cielo sulle loro teste. Al principio sembrava piacevole essere protetti dai raggi del Sole, ma dopo qualche passo un'angoscia sottile opprimeva il respiro. Molti brutti pensieri salivano a galla: niente sarebbe mai cambiato, il caldo aveva vinto, il mondo diventava invivibile per tutti quelli che non fossero dotati di foglie modificate in forma di aghi. Solo così si poteva sopravvivere.

Gazania si fermò a metà del percorso. Quei pensieri le ronzavano intorno alla testa come noiosi mosconi, ma ai bambini stavano facendo un altro effetto. Amaryllis era sul punto di scoppiare in lacrime ed Hesperia si sfregava gli occhi stringendo le labbra per non mettersi a gridare.

"Non provateci!" disse, rivolta alle chiome dei pini, mostrando loro il pugno. "Badate, furboni, sono un'edera, posso stritolarvi quando voglio!"

Le fronde si agitarono, un po' ridacchiavano, un po' tremavano davanti alla minaccia. Gazania afferrò Hesperia per un polso e diede una spinta sulla schiena ad Amaryllis per farlo camminare più svelto. Tirando e spingendo li trascinò fuori dal tunnel odoroso di resina e sconfitta, e quando furono di nuovo al Sole i pensieri oscuri presero il volo, come uccelli neri, per svanire nell'aria brillante della mattina.

Asfodelo, suo fratello di Nido, abitava in una delle tombe antiche, scavate nel versante ovest della collina. Quando l'avevano visto dalla seggiovia era proprio davanti agli ingressi quadrangolari dei sepolcri, ma lo trovarono più avanti, sotto un pergolato di bougainvillea tutta secca, che non lo riparava dal Sole. Rivestito di una tunica di lino azzurro, stinta e logora, stava pizzicando le corde di un armonium vegetale, alto quanto lui.

"Gazania! Che bella sorpresa," la accolse.

I bambini si fermarono sotto un'arcata della pergola, intimiditi, mentre Gazania gli si accostava decisa.

"Sei ancora qui," sorrise lui.

"Dove dovrei essere?"

"Tutti parlano di una prossima migrazione. Ho sentito alla radio che il Nord sta facendo costruire nuove abitazioni per quelli che arriveranno."

"Sciocchezze! Perché dovremmo lasciare le nostre case? Se ce ne andassimo saremmo..." esitò nel pronunciare la parola che aveva in mente.

"Sradicati," sogghignò Asfodelo. "Non temere, sono ben ancorato a nostra madre Terra." E sollevò un piede dal terreno, mostrandole la pianta nuda, impolverata, percorsa da filamenti bianchi, esili, simili alle radici delicate di una pervinca.

Gazania spalancò gli occhi. "Da quanto tempo ce li hai?"

"È una sensazione strana. Ogni volta che cammino mi prende una gran malinconia. Ti ricordi quando abbiamo lasciato il Nido? Sapevo di stare abbandonando il luogo più sicuro e più bello del mondo e mi sentivo così triste. Ma quando mi fermo e resto immobile ad ascoltare l'aria e la luce intorno a me..."

"Non si può ascoltare la luce," disse Amaryllis.

"Io sì. Io ci riesco. E potreste riuscirci anche voi, spalmandovi la magica crema solare inventata da Gazania."

"Gaz ce l'ha proibito," replicò Hesperia, rammaricata.

"E se vi becco anche solo con un centimetro di pelle colorata di verde vi metto a preparare il letame per un mese!" aggiunse Gazania. "Smammate. Andate a cogliere qualche fiore, io e Asfodelo dobbiamo parlare."

Imbronciati, i bambini si allontanarono in direzione del prato mezzo secco.

"Avevi promesso che avresti usato la crema solo nelle situazioni di emergenza, quando dovevi muoverti in pieno giorno sotto il Sole. E invece ti ritrovo ubriaco di luce come un rettile."

Asfodelo trasse due accordi dall'armonium e le note stridettero malamente.

"Ha dei problemi biomeccanici," mormorò.

"Avevi promesso!"

"Ti capita mai di sentirti separata da tutto, Gazania? Cosa siamo diventati? Sempre per i fatti nostri, sempre di corsa, a inseguire il cibo, l'acqua. In mezzo agli altri ma soli, sempre soli. La tua crema fa cadere le barriere. Ed è bellissimo uscire dalla meschineria e sentirsi parte di qualcosa di più grande."

"Queste scemenze mistiche raccontale ai tuoi amici mentre inalate lo stramonio beta! Hai la pelle che sembri una lucertola, sei dimagrito ancora e le escrescenze che ti sono uscite sotto i piedi potrebbero essere un'infezione batterica."

"Ma sono felice."

Arpeggiò tre note sulle corde inferiori dello strumento, simili a liane d'albero, producendo un armonico brusio profondo, che Gazania percepì come una carezza al ventre.

"Ancora troppo basso," borbottò Asfodelo, spostando i rami da cui fuoriuscivano le corde per tenderle di più.

Gazania si sentiva in colpa a rimproverare il fratello e nello stesso tempo avrebbe voluto picchiarlo. Stava usando in modo spregiudicato un miscuglio sperimentale che gli consentiva di esporsi al Sole anche nelle ore più calde, ma quella sostanza gliel'aveva data lei, perciò i suoi sentimenti oscillavano malamente, generando suoni ambigui, come quelli dell'armonium.

"Perché non ritorni alla serra?"

"Il lavoro è la maledizione dell'umanità."

"Riesci a parlarmi senza usare frasi fatte?"

"Dai Gazania, sai come la penso sul produrre beni di consumo. Il Consiglio Comunale è il vostro padrone mentre io, qui, sono libero. Realmente libero."

Gazania restò in silenzio. Beni di consumo. Solo lui poteva definire i prodotti agricoli in quel modo. A lei piaceva coltivare per la comunità, la faceva sentire responsabile di molte vite. Le sarebbe anche piaciuto avere più tempo libero da dedicare alla sperimentazione chimica. Forse era quella la libertà?

"Posso chiedere a Jodis di venire a dare un'occhiata all'armonium," disse.

"Jodis?"

"Bocca di Leone. Adesso si fa chiamare Jodis. Si è sposato con Xilo, un membro della cooperativa."

"Si vergogna di portare il nome di un fiore. Che idiota!"

"Mal'erba!" aggiunse lei, divertita, rammentando i tempi in cui loro tre, Asfodelo, Gazania e Bocca di Leone, davano dell'erbaccia ai bambini che li prendevano in giro perché avevano il nome di una pianta.

"Cosa stai leggendo?" Asfodelo accennò col mento al libro che Gazania teneva stretto sotto braccio.

"Chimica vegetale. Sto cercando di migliorare la formula della crema."

"Mi offro come cavia."

Lei gli diede un piccolo pugno su una spalla ma sorrise.

4.

Uscita dal gazebo, si guardò intorno alla ricerca dei bambini e li vide in fondo, vicini al muro perimetrale del parco, dove cresceva una linea di oleandri. Entrambi avevano un braccio teso all'indietro, una pietra nella mano, pronti a scagliarla contro un piccolo drone giardiniere.

"Fermi! Non fatelo!"

Hesperia e Amaryllis sciolsero la posa e abbassarono la mano; il drone rimase a mezz'aria, i bracci meccanici che fuoriuscivano dal corpo cubico terminavano in due robuste cesoie da potatura.

Gazania comprese allora cos'era successo. Come tutte le primavere, i droni giardinieri erano stati programmati per potare gli oleandri. Incuranti dei rami teneri e dei germogli pronti a fiorire, i robot volanti si accanivano sulle piante, livellandole, obbligandole a ricominciare daccapo il lavoro di gettare nuovi butti e nuove foglie. Le piante già tranciate emanavano nuvole di sofferenza. Il loro patimento le entrava dentro col respiro, le viscere le dolevano, annodate come radici chiuse in un vaso troppo piccolo.

Insieme ai segnali di dolore gli oleandri inviavano alle compagne un allarme collettivo. Non solo i *nerium oleander* ma tutti i vegetali lì attorno stavano diminuendo la portata della linfa nelle estremità distali dei virgulti e, se avessero potuto, si sarebbero sradicate dal terreno per fuggire a saltelli dai feroci potatori.

"Via! Vai via!" gridò al drone agitando le braccia, come se fosse stato un grosso calabrone molesto. Quello rigirò i sensori verso di lei: dovette apparirgli ben più terribile dei bambini perché il programma optò per la fuga e il drone si allontanò ronzando.

A pochi passi dalla fila di oleandri giaceva a terra un secondo drone, l'elica distorta, i filtri di dissipazione del calore fracassati. Gazania lo contemplò stupita.

"Cosa avete combinato?"

I bambini gettarono a terra le pietre ma la guardarono pieni di ardente furore.

"Sono mostri, Gaz!" replicò Amaryllis. "Assassini!"

"Lo sanno tutti che non si potano gli oleandri poco prima della fioritura!" aggiunse Hesperia.

Gazania strinse le labbra. Se avesse avuto la loro età, forse si sarebbe comportata allo stesso modo. I tronchi mutilati degli oleandri stillavano l'umore vischioso del legno vivo e odoravano di amara sofferenza.

"Nei prossimi giorni gli portiamo un unguento cicatrizzante," disse.

Hesperia e Amaryllis manifestarono in modo chiassoso la loro approvazione.

"Tenete duro, amici!" esclamò Hesperia, rivolta agli oleandri.

Sì, sospirò Gazania tra sé, tutti, in quel mondo secco che si piegava all'irrazionalità, dovevano tenere duro.

1.

Gazania si svegliò tardi, un'ora dopo il tramonto. Le coltivazioni dentro la serra seguivano il normale ciclo luce/buio, mentre i lavoratori si alzavano al calar del Sole e andavano a dormire all'alba. Da un paio di secoli l'umanità aveva rovesciato i suoi ritmi, per adeguarsi all'aumento delle temperature.

Si stiracchiò e si voltò su un fianco, il libro della biblioteca le pungolò le costole. Dopo essere ritornata alla serra aveva spedito Amaryllis ed Hesperia a dormire nelle loro amache e si era fatta una prolungata doccia di vapore. Mentre lasciava che il corpo si ricoprisse di goccioline e si sfregava con un guanto di lufa, rifletteva su Asfodelo.

La nuova crema solare conteneva diversi estratti vegetali e alcune cere distillate dalle agavi, anche lei la stava usando, e all'interno della serra si muoveva scalza, senza avvertire alcun fastidio. Forse la spiegazione stava nella doccia. Asfodelo non si lavava mai, viveva come uno stilita, mentre lei rimuoveva i residui della crema dalla pelle grazie al vapore.

In ogni caso, non riusciva a capire quale ingrediente o insieme di sostanze riuscisse a produrre un simile effetto su un essere umano. Avrebbe avuto bisogno di un laboratorio più attrezzato per analizzare a fondo i componenti della formula e la loro interazione con la pelle umana.

Dalle prime pagine del libro aveva dedotto di essere riuscita a unire la pruina delle cactacee al derma umano, ottenendo qualcosa di simile a un tegumento vegetale, spesso, robusto, che tratteneva l'acqua all'interno dei tessuti. Un successo. Tuttavia avrebbe voluto capire più a fondo le connessioni tra l'esposizione alla luce e la degradazione dei composti vegetali.

Sfregò la schiena nuda sulla pelle vellutata di Aster. Da quando il Comune aveva assegnato loro la serra, Gazania aveva fraternizzato con un imponente esemplare di Rosa del Deserto, cresciuta sulla linea della parete sud.

La Rosa del Deserto era un ibrido ottenuto dagli esperimenti dei botanici antichi, un incrocio tra un'agave blu, una *Kleinia anteuphorbium* e un melocacatus. Della Kleinia possedeva la molteplicità delle braccia carnose, dotate di spine in fila doppia, come le agavi. Il melocactus, invece, le conferiva una procacità rotonda e soda.

Dall'approvazione del progetto alla costruzione della serra erano trascorsi vent'anni. In quei vent'anni Aster si era sviluppata e gli architetti, non potendola abbattere, avevano preferito inglobarla nel muro. Una metà cresceva esposta al Sole e alle tempeste di sabbia esterne, una parte si era sviluppata nel clima temperato della serra. La porzione che si trovava dentro la serra non aveva spine e si era accresciuta di molte braccia circonvolute, pronte ad accogliere e cullare le membra lisce di Gazania.

La ragazza si sentiva figlia e sorella di Aster, come se fosse scaturita da un suo pollone. Rigenerata dal contatto con la pianta e dalla cura delle coltivazioni, per la prima volta nella sua vita Gazania sentiva di essere nel posto giusto, un mondo a lei congeniale fatto di crescita lenta, irrigazioni regolari e frutti colorati.

Mentre ancora indugiava nella cavità accogliente di Aster, Gazania percepì alcuni rigonfiamenti della linfa che scorrevano a intervalli frequenti, picchiettandole la schiena.

"Mi alzo, mi alzo," sospirò.

Scivolò fuori dal groviglio della pianta e si accorse che i compagni avevano chiuso le amache e si erano riuniti nella piazza centrale della serra. Si vestì e raggiunse il grande tavolo vivente per la colazione.

In mezzo al crocicchio di sentieri della serra era stato impiantato un *ficus magnolioide* ricevuto in dono da Tanis, città costiera delle Due Terre, dopo il gemellaggio botanico. Cresciuto a velocità anormale, come tutti i vegetali da arredamento, aveva appiattito e allineato i suoi rami, per formare un grande tavolo dalla superficie bitorzoluta. Su di esso un samovar sempre acceso forniva acqua calda per il tè.

Gazania si meravigliò di vedere una gran folla riunita intorno al *ficus*. Nessuno era al lavoro. Individuò Metis, Xilo, Amegilla e Opilio, soci fondatori, insieme a lei, della cooperativa Astarte; erano presenti anche tutti i trasportatori fissi, gli avventizi e alcuni affiliati. Amaryllis, Hesperia e gli altri bambini erano radunati di fianco ad Amegilla, attenti a ogni parola.

Ognuno, grande o piccolo, teneva in mano una tazza di ceramica bianca su cui brillava il simbolo della cooperativa, l'asta dorata di Astarte con in cima la stella. Di regola chi voleva parlare alle riunioni doveva sollevare la tazza.

"State aspettando un miracolo?" diceva la voce di Xilo. "Non possiamo continuare così, bisogna agire."

Metis sollevò la sua tazza tanto in fretta che alcune gocce le caddero sulla testa rasata, colorata in due sfumature di viola.

"Avremmo preferito discuterne tutti insieme, invece di essere messi di fronte al fatto compiuto!" Gli occhi le fiammeggiavano di sdegno.

"Di cosa si parla?" bisbigliò Gazania a uno dei trasportatori.

"Xilo ha chiamato un gruppo di stregoni del Nord."

"Stregoni?"

"Per la pioggia."

La Nonna girovagava tra la gente, raccogliendo scommesse, indifferente alla discussione. Il problema della siccità non la toccava, se non per scommetterci sopra: gli stregoni del Nord avrebbero fatto piovere oppure no? Al momento però stava proponendo di scommettere sulla fioritura delle robinie, il filare di alberi che ombreggiava la parete sud-ovest all'esterno della serra. Racimolava denaro senza rifiutare i pochi erui dei coltivatori. Perfino Opilio e Jodis accettarono la posta.

Metis continuava a sbraitare, superando i sussurri generali col suo vocione furioso.

"... quattro estranei da alloggiare e da sfamare. Siamo già a porzioni ridotte, come faremo a nutrire altre persone? Per quanto tempo si fermeranno? E come li pagheremo?"

"Una cena tradizionale sarà parte del loro compenso," rispose Xilo.

Le esclamazioni di sorpresa riempirono l'aria umida, profumata di terra. Opilio si portò le mani alla testa con fare melodrammatico.

"Tradizionale? Vuoi dire maiale arrosto?"

"Roba dei tempi del mio trisnonno!" disse una trasportatrice.

"Dove lo troviamo un maiale?" aggiunse qualcun altro.

"E chi lo sgozza?" sottolineò Metis, riportando in alto la sua tazza. "Lo farai tu, Xilo?"

I soci, sconvolti, iniziarono a parlare tutti insieme; ognuno ricordava le storie narrate dai vecchi su maiali squartati, appesi per le zampe posteriori sopra larghi mastelli. Il sangue veniva messo a cuocere con alcune spezie e chicchi di uva passa, trasformato in una melassa dolce e infine cucito nello stomaco dell'animale. Gli antenati non conoscevano né pietà né misura, divoravano ogni parte del maiale, perfino i piedi. Per avidità avevano fatto sparire gran parte delle specie viventi.

Gazania si accostò a Jodis e lo tirò per la maglietta, facendogli cenno di allontanarsi dal gruppo.

"Hai messo a scaldare i semi di fragola?"

"Sono in culla. Se qualcuno se ne accorge... non voglio saperne di coltivazioni illegali," rispose lui alzando le mani. Poi aggiunse: "Metis vorrà votare. Visto che starò zitto sulle fragole, sarebbe gentile se ci sostenessi."

"Lo farei comunque. Al punto in cui siamo, bisogna tentare tutto, anche gli stregoni."

"Sono una squadra di esperti in climatologia mediterranea. Hanno lavorato in Hiberia, in Africa, nei luoghi più aridi del mondo."

"Come li pagheremo? Dubito che una cena tradizionale sia sufficiente."

"Facciamo uno scambio culturale. Loro ci procurano la pioggia, noi gli insegniamo l'agricoltura di precisione."

La gente si stava disperdendo, la riunione era finita.

"Entro l'alba," stava ripetendo Metis. "Lasciate il voto nella giara. Domani li conteremo."

Xilo aveva un'espressione rabbuiata e Jodis corse a consolarlo. Metis si stava infilando stizzita i guanti da lavoro.

"Dov'eri?" disse rivolta a Gazania. "Quando servi non ci sei mai. Xilo ci tratta come virgulti. Chi crede di essere, il direttore della serra? È un prepotente di prima categoria e tu gli hai pure regalato i tuoi gameti."

"Ma è venuto fuori Amaryllis," sorrise Gazania.

Metis apparteneva ai Frutti Senza Semi, una comunità internazionale a favore della sterilità volontaria. Sovrappopolazione del pianeta e risorse scarse non andavano d'accordo.

"Dovevamo discutere degli affiliati che non si presentano al lavoro," continuò Metis senza badarle. "E invece Xilo ha monopolizzato la riunione, come al solito."

Gli affiliati alla cooperativa dovevano svolgere almeno tre ore di lavoro obbligatorio, in cambio della cassetta settimanale di frutta e verdura, ma da qualche tempo, forse a causa del pessimismo che si era diffuso tra i cittadini, molti non si facevano vedere, pur continuando a ricevere il cibo.

"Tagliamogli le consegne," replicò Gazania.

"Se il Comune non li cancella dalla lista, non possiamo! Abbiamo un contratto da rispettare. Santa Astarte, odio tutto questo." Metis si portò una mano alla fronte. "Mi sta venendo il mal di testa. Vado a fare un giro tra i limoni."

Gazania approvò. Le piante erano la soluzione di ogni problema.

2.

Pomodori, spinaci, piselli.

Il suo ordine di servizio per quel giorno prevedeva la raccolta di questi ortaggi. Gazania si cinse la fronte con la fascia luminosa e si inoltrò in mezzo alle vasche dei pomodori.

Di notte la serra diventava un mondo oscuro e sussurrante, abitato da silhouette umane con un cerchio di luce intorno alla testa che si aggiravano tra le ombre delle foglie e le intelaiature di sostegno dei viticci. Per valutare la maturazione dei frutti ognuno seguiva un metodo diverso. Gazania metteva la mano a coppa, appoggiando il pomodoro sul palmo, poi la muoveva con delicatezza, come se lo stesse massaggiando. Se il frutto si staccava, si trovava al punto giusto di maturazione, in caso contrario passava a un altro. Detestava i raccoglitori che strappavano il frutto alla pianta con rapacità, senza alcun rispetto per i suoi tempi.

Piccoli appezzamenti di terra erano dedicati ai tuberi e agli agrumi; la terra era poca e difficile da trattare, perciò la maggior parte delle colture cresceva dentro lunghi canali di plais, sopra un supporto di fibra di cocco.

L'acqua della condotta comunale veniva convogliata nei canali, insieme ai minerali e ai nutrienti, scelti in base al tipo di verdura messa a dimora. I dispositivi automatici monitoravano lo stato del liquido ogni minuto, segnalavano le carenze o gli eccessi e intervenivano per mantenere il sistema in equilibrio. I sibili delle pompe ossigenanti riempivano l'aria di sospiri e mormorii.

Durante la raccolta Gazania ne approfittava per sollevare il feltro del supporto e verificare lo stato delle radici. Ogni cespo formava un groviglio di filamenti candidi e succosi, che non si limitavano a sostenere la singola pianta ma si diramavano ai lati, mescolandosi con quelle delle piante vicine. I pomodori si tengono per mano come tante sorelline, pensava Gazania. E ogni volta quella solidarietà fra simili la commuoveva. Ah, se anche gli esseri umani fossero stati come i pomodori!

Nel settore degli spinaci incontrò una grossa lumaca color ardesia che strisciava metodica lungo il bordo di un canale, i quattro corni telescopici allungati a esplorare i dintorni. Chiamò Amaryllis col comunicatore interno e gli ordinò di raggiungerla subito.

"Quante volte devo dirti di stare attento a Tenebra?"

"Mangia le alghe, non i vegetali."

"Non voglio vederla tra le colture, lascia la bava. Gli affiliati potrebbero lamentarsi."

Amaryllis afferrò l'animale e se lo portò via senza una parola. Gazania riprese a tagliare gli spinaci e a formare i mazzetti; poco più avanti con le dita sfiorò una superficie curva e tiepida, ricordava un metallo riscaldato. Scostò il fogliame e illuminò altre due lumache, simili a Tenebra ma più piccole.

"Un'invasione," mormorò, sollevandole entrambe per il guscio. Gli animali retrassero le appendici ma il piede rimase fuori; rivestito com'era di placche ferrose, non poteva più scomparire dentro la conchiglia.

Quel tipo di lumaca, derivata dalla *Chrysomallon squamiferum*, era ormai l'unico tipo di gasteropode ancora in circolazione. Resistente al calore estremo dell'ambiente, aveva il guscio corazzato di solfuro di ferro e aragonite, necessitava di poco ossigeno, si nutriva di microalghe e assimilava i metalli dall'acqua.

L'anno precedente, durante i lavori di ripulitura della cisterna sotterranea della serra, Amaryllis ed Hesperia avevano trovato un esemplare super sviluppato di *Chrysomallon* abbarbicato su una parete interna; l'avevano adottata e chiamata Tenebra Strisciante. L'iniziale diffidenza nei suoi confronti – quale agricoltore avrebbe voluto un lumaca grande come un gattino a spasso tra le sue colture? – era stata superata quando la Nonna aveva svelato la natura particolare dell'alimentazione delle *Chrysomallon*.

Gazania portò le lumache fino alla parete ovest e le abbandonò sul terreno, in prossimità della sottile canaletta che correva lungo il perimetro della serra e manteneva le pareti a temperatura costante. Sfiorò il muschio che rivestiva il muro e i polpastrelli si inumidirono. Stupita, premette l'intero palmo della mano sulla parete ottenendo il suono di un tessuto fradicio strizzato.

Non era un bel segno: il calore esterno stava facendo traspirare in modo eccessivo i vegetali e il muschio si impregnava, alterando i valori dell'umidità interna. In breve tempo si sarebbero sviluppati marciumi e funghi sulle foglie delle colture.

Le lumache però sembravano liete di tutto quel velluto scivoloso e salivano in verticale a tutta velocità, ammesso che si potesse parlare di velocità in una lumaca.

Ci sono esseri viventi che si adattano meglio di noi, pensò Gazania, accoccolata a guardarle. Per un istante si immaginò la serra dieci anni avanti nel futuro, una selva di viticci, foglie giganti, zucche abnormi; un'oasi verde intorno alla cisterna e le pareti invase da funghi a lamelle, come i *pleurothus*, da cui spuntava una moltitudine di lumache color piombo. La visione era priva di esseri umani, perciò la scacciò, come si scaccia il delirio di un colpo di calore.

3.

Nell'intervallo del pranzo, a mezzanotte, Gazania disertò la piazza centrale. Mangiò due pere seduta ai piedi di Aster, continuando a leggere *Le cere vegetali* e poi recuperò i semi di fragola dalla culla.

Dissodò la terra intorno alla base di Aster e seminò le piante. Le irrorò con una parte della propria assegnazione di acqua da bere; non poteva prelevarla dalla condotta, i compagni se ne sarebbero accorti. Ogni goccia, dentro la serra, era controllata e già ipotecata.

Dopo il pranzo tornò al lavoro e alle prime luci si presentò con i cesti colmi di pomodori, spinaci e piselli alla Porta Alba, l'ingresso rivolto a est da cui i trasportatori ricevevano le consegne.

Amegilla e i bambini stavano ancora pesando e suddividendo gli ortaggi in parti uguali per ogni cassetta. Anche Jerru, il marito di Amegilla, aveva abbandonato la contabilità per aggiungere due braccia al lavoro collettivo. Alla spicciolata giunsero Xilo, Jodis, Opilio e Metis. Le cassette piene, in fila accanto al tunnel di uscita, aumentarono in fretta.

"Dove sono gli affiliati di via del Cumino?" domandò Opilio con voce lamentosa. "Abbiamo dodici famiglie solo in quella strada."

"Non vengono più," gli rispose Jodis distrattamente. "Saranno partiti."

Gazania drizzò le orecchie. Ogni riferimento all'Esodo la metteva in allarme.

"Non ce la facciamo a fare tutto da soli," continuò Opilio.

"Io un'idea ce l'avrei," continuò Jodis.

"Se avessimo avuto tempo, avresti potuto dircela alla riunione," ribatté Metis.

"Secondo me dovremmo aumentare le ore di lavoro degli altri affiliati."

"Stai dicendo che siccome non riusciamo a far lavorare i disonesti, devo chiedere agli affiliati che svolgono le normali tre ore di lavoro gratuito di farne cinque?" disse Amegilla.

"Te le suggerisce qualcuno queste levate d'ingegno?" disse Metis, ottenendo che tutti guardassero Xilo.

"Se avete altre idee, sentiamole," replicò Xilo a muso duro.

In quel momento diversi suoni di notifica si accavallarono; provenivano dal microchip che ognuno portava sottopelle. Alcuni visualizzarono il messaggio ricevuto proiettandolo in aria: si trattava di una fotografia di Gazania, a figura intera in un prato, la bocca aperta, il viso stravolto dalla rabbia. La maglietta ben illuminata dal Sole mostrava il logo della cooperativa.

"Una multa!"

"Distruzione di proprietà pubblica e interruzione di pubblico servizio," lesse Metis sotto la foto.

Gazania prese un bel respiro. Mal'erbe comunali! Si pentì di aver salvato il secondo drone giardiniere del parco di Monte Laro, avrebbe dovuto permettere ai bambini di abbatterlo a sassate come avevano fatto col primo. Hesperia e Amaryllis tacevano, tenendo gli occhi bassi.

"Il Comune ha un'idea distorta di cura delle piante," si difese. "Stavano distruggendo gli oleandri."

"Sei grandicella per fare la teppista," osservò Metis.

"Pagherò io la multa, ho un po' di soldi da parte." Mentiva. Il suo conto era cavo come un baccello dopo la caduta dei semi.

"E il discredito?" saltò su Xilo. "Sei anni per costruirci una reputazione di affidabilità e tu la getti al compostaggio perché non ti sai controllare."

"Falla finita, ortica! Ho detto che pagherò."

Gazania sollevò un'altra cassetta per poggiarla sul rullo trasportatore che le faceva uscire all'esterno e subito dopo saltò anche lei sul nastro, a gambe incrociate, e uscì dalla serra.

Una brezza leggera da sud-est le rinfrescò le guance. Il Sole non era ancora sorto ma una delicata luce rosa si spandeva nel cielo e illuminava quel versante della collina.

I palazzi di pietra candida prendevano una sfumatura dorata; le strade erano ancora gremite di biciclette, veicoli elettrici e persone sui pattini. Tutti stavano tornando a casa per riposare, la notte lavorativa si stava concludendo.

I trasportatori attendevano le cassette chiacchierando fra loro, chi appoggiato al cassone del carretto, chi già in sella al triciclo. I loro veicoli somigliavano ai carretti che vendevano gelati quando lei era bambina: una bicicletta con una ruota anteriore e due posteriori, parallele, a reggere un contenitore di forma rettangolare con le sponde alte e le ruote di gomma piena.

Un trasportatore, Anghel Santos Fuentes, un tipo tarchiato, calvo, con gli occhi cerulei, le venne incontro.

"Gazania! Che fortuna trovarti! Ho finito la crema solare. Potresti darmi un altro flacone?"

"Te ne ho dato uno pieno poco tempo fa."

"Oh, ho fatto qualche lavoretto extra di recente," rispose Anghel strizzando gli occhi in un sorriso furbesco. Somigliava al dio Bes, di cui portava tatuata l'immagine sugli avambracci polposi. "Piccoli trasporti durante il giorno, niente di che. Ho avuto bisogno di molta protezione."

Gazania sentiva che le stava raccontando frottole. Ipotizzò che Anghel avesse aiutato qualche cittadino in fuga a trasportare i bagagli al porto e non volesse dirglielo.

"Ti è successo qualcosa alla pelle in quest'ultimo mese?"

Lui restò interdetto.

"Sotto i piedi."

Anghel sollevò un piede per esaminarsi la pianta. Girava sempre scalzo, odiava le scarpe; guidava scalzo, nonostante i rimproveri di Xilo, e i suoi piedi parevano una versione bassa delle mani quanto a capacità di presa, elasticità e forza.

Gazania aveva seguito il suo sguardo: le piante dei piedi di Anghel erano sporche, callose come se fossero rivestite di cuoio brunito, ma prive di filamenti sospetti o irritazioni della pelle.

Nel frattempo una trasportatrice si era avvicinata a loro e le aveva fatto un gesto, indicandosi la bocca, mostrando le gengive sdentate. Gazania si ricordò e annuì.

"Devo tornare dentro a prendere un unguento per Colmena."

"Ti aspetto," rispose Anghel pieno di sollecitudine. "Nel frattempo carico le casse."

Per rientrare nella serra Gazania dovette usare la bussola di purificazione. Si tolse gli indumenti e li gettò nello scomparto per la disinfezione, allargò le braccia e si espose ai getti di vapore. Neppure un granello di polvere o un insetto potevano entrare, avrebbero stravolto il microclima o le colture.

Aveva attrezzato a laboratorio una zona di fianco ad Aster. Quattro banconi di metallo su cui allineare gli strumenti chimici, dotati di scomparti inferiori in cui conservava i becher, le pentole, i termometri, le materie prime e i prodotti finiti.

Prese due tubetti di unguento per Colmena, che si era sottoposta alla rigenerazione dei denti e soffriva le pene dell'inferno a causa dello spuntare dei denti nuovi, flaconcini di collirio idratante per tutti i trasportatori e due tubi di crema solare. La stessa che aveva dato ad Asfodelo.

Le piaceva prendersi cura anche della parte umana della serra. Due anni prima era riuscita a far scomparire un eczema alla pelle delle mani che aveva colpito Amegilla e Opilio, forse legato a qualche componente del fertilizzante, e da allora si considerava la "farmacista" del gruppo. Preparava creme per il corpo, deodoranti naturali, balsami per le labbra, perfino cosmetici come polveri colorate e smalti. Aveva sperimentato le creme protettive contro i raggi UVA e UVB proprio per i trasportatori e loro ne erano stati entusiasti. Ad alcuni si erano ridotte le rugosità della pelle, altri affermavano di provare una piacevole sensazione di fresco, quando si esponevano al Sole ricoperti dalle sue creme. Soltanto su Asfodelo i risultati erano stati imprevedibili.

Anghel ricevette i due flaconi con gioia avida. Colmena si profuse in ringraziamenti e le regalò un sacchetto di fichi secchi, "selvatici, saporitissimi!"

Gazania distribuì il collirio ai trasportatori. Erano collaboratori esterni, però avevano diritto alle stesse attenzioni e cure riservate ai soci.

Le cassette erano state suddivise sui tricicli, ognuno aveva un percorso di consegna con gli indirizzi degli affiliati. Gazania si stupì quando vide Amegilla, Hesperia e Jerru arrampicarsi sul carico di Anghel, portandosi appresso ciascuno uno zaino pieno.

"Scendiamo in città. Abbiamo una casa, adesso!" le disse Amegilla in tono trionfante.

Alla fine ci erano riusciti. Figuravano nelle liste comunali di assegnazione delle abitazioni da molto tempo, sempre nelle posizioni basse della graduatoria perché genitori di un'unica figlia. La costruzione dei nuovi palazzi all'inizio di via della Mirra doveva aver determinato il salto di qualità.

Gazania si sentì tirare per la maglietta.

"Posso andare con loro per aiutarli nel trasloco?" Amaryllis le rivolse un musetto pieno di speranza.

Gazania sollevò gli occhi verso Jodis, poco distante. I compagni si fermavano sempre a osservare la partenza dei trasportatori, soddisfatti del lavoro compiuto. Jodis annuì benevolo, anche Xilo fece un brusco gesto di autorizzazione.

"Dovrai dormire lì," disse ad Amaryllis.

"Abbiamo un sacco di letti!" gridò Hesperia al colmo della gioia. "Letti veri col materasso!"

Gazania carezzò il ciuffo color albicocca del bambino e gli concesse di andare.

Li guardò discendere la collina costeggiando la seggiovia, lungo la strada che non era una strada ma un sentiero inciso nel terreno da anni di passaggi, a piedi e su ruote. I tricicli scampanellavano festosi sotto i primi raggi del Sole; Amaryllis ed Hesperia la salutavano sbracciandosi, in bilico sulle cassette di verdura che sobbalzavano a ogni asperità del terreno.

Detestava gli addii, anche se di breve durata.

Amegilla camminava per l'appartamento a piedi nudi. Ancora non si capacitava della sua fortuna. Toccava le pareti, fresche di calce, sentiva il tepore del pavimento di paglia, pressata in mattonelle irregolari, si faceva carezzare dalla brezza leggera che scorreva tra le stanze. Le fessure incise nei muri, come branchie architettoniche, erano schermate da filtri ma orientate in modo da lasciar passare il vento e la casa si riempiva di fresco naturale.

Tutti i mobili, eredità della sua famiglia, avevano trovato il loro posto, come se fossero stati pensati per quelle stanze. Amegilla odiava le brande ripiegabili, le stuoie imbottite, qualunque tipo di letto anomalo. Dormire nell'amaca, all'interno della serra, era stata una vera e propria sofferenza. Detestava anche l'abitudine di bivaccare nel luogo di lavoro, come avevano dovuto fare i suoi genitori fin da prima del matrimonio. Si aveva un bel dire che era conveniente, che risparmiavi la seccatura di doverti spostare e perdere tempo nelle strade trafficate della città, evitando gli incidenti coi pattini o le cadute dalla bicicletta, – le amministrazioni pubbliche, le grosse società, perfino i piccoli negozi di quartiere offrivano, con il contratto di assunzione, la possibilità di dormire nella sede di lavoro – tuttavia vivere nello stesso luogo notte e giorno, a lungo andare, diventava pesante.

L'ambiente di vita non era più una tua scelta ma un'imposizione. La sedia, il tavolo su cui lavoravi e consumavi i pasti erano dell'azienda; l'armadietto che conteneva il tuo abbigliamento apparteneva al datore di lavoro; perfino il piccolo vaso con le graziose *kleinia* ricadenti era stato selezionato dall'arredatore di interni.

I suoi mobili, invece, la facevano sentire erede di una continuità stilistica e affettiva. Di più: custode di una tradizione. Spesso, da bambina, aveva accompagnato la madre al magazzino in affitto che ospitava l'arredamento. Gli facciamo prendere un po' d'aria, diceva la mamma.

Amegilla sapeva che tornava lì per sognare. L'odore del legno lucido, i colori delle tende ripiegate, le sedie imbottite con le nappine dorate, ogni cosa rammentava a sua madre la casa che i suoi genitori avevano dovuto abbandonare perché troppo calda.

In passato le abitazioni avevano le pareti sottili, i tetti non coibentati, le finestre prive di vetri rifrangenti; per rinfrescarle si doveva ricorrere a sistemi costosi e irrazionali. Il Comune, dopo la legge sulla collettivizzazione dell'energia, le aveva requisite e abbattute, in cambio della promessa di nuove costruzioni, sane ed ecologiche.

Le nuove case erano sorte sulle macerie delle vecchie e i cittadini ne avevano seguito l'edificazione palpitando, come se si fosse trattato di figli in crescita.

I genitori di Amegilla erano stati inseriti in un elenco comunale, stilato sulla base della data di espropriazione; poiché il loro palazzo era stato uno degli ultimi a essere eliminato, erano preceduti da una lunga lista di nomi. Si reputavano comunque fortunati perché le aziende per cui lavoravano consentivano loro di dormire in ufficio, mentre Amegilla e i suoi fratelli erano stati messi nel Nido Sette.

Gli anni passavano, la ricostruzione procedeva, ma loro non erano mai chiamati. Il momento di andare a dormire finiva sempre in lite. Suo padre, esasperato, voleva che si trasferissero tutti a Nord, dove il clima era temperato e le abitazioni vuote attendevano nuovi occupanti. Sua madre non ne voleva sapere. "Io al freddo non ci vado!" gridava ogni volta.

Si erano separati. Il padre era partito, i figli, consultati dal giudice, avevano scelto di restare nel Nido.

Altri anni si erano succeduti, la madre di Amegilla era morta di malattia. Amegilla aveva fondato la cooperativa Astarte con gli amici di Nido, ma non aveva dimenticato il magazzino. Nei momenti di libertà sedeva nel calore odoroso di legno, polvere e piscio di gerbillo, la porta basculante mezzo sollevata, la fioca lampadina accesa su quel cumulo di relitti.

Quasi in cima all'ammasso scuro dei mobili Amegilla intravedeva un brandello di tessuto rosa. Un cuscino? Una tenda? Non aveva idea, ma quel pezzetto di rosa aveva sostenuto la sua fiducia. Una nuova vita sarebbe arrivata e avrebbe avuto proprio quel colore.

E finalmente il futuro era giunto, sotto forma di appartamento all'avanguardia! Amegilla vagava da una stanza all'altra, troppo emozionata per addormentarsi. Hesperia e Amaryllis ronfavano quieti sui letti gemelli; abbassò l'intensità della luce sfiorando i tasti accanto alla finestra, una cortina di gas emesso dal telaio regolava l'ombra. La maggiore densità della barriera gassosa diminuiva l'afflusso di aria dall'esterno. Poco male, il ricircolo era garantito dalle aperture nei muri, la casa respirava come un organismo vivente.

Le cose stavano cambiando, gli esperti convocati da Xilo avrebbero risolto il problema della siccità e la vita sarebbe continuata.

Si fermò davanti al grande tavolo che divideva la cucina dal soggiorno, rapita da un pensiero che aveva tenuto nascosto per tanto tempo anche a se stessa: un secondo figlio! Jerru si era sempre opposto, ma con tutto quello spazio a loro disposizione avrebbe cambiato idea.

Un'amica infermiera le aveva raccontato che all'ospedale erano stati rinnovati tutti gli uteri. Al posto degli antiquati budelli di animale ora si usavano lucide sacche di tessuto umano, prelevato dalle staminali della madre, fatte crescere in laboratorio; nessun rischio di rigetto del feto; nessuna incompatibilità biologica.

Di recente suo padre le aveva scritto. Si era spostato ancora più a Nord, oltre il quarantacinquesimo parallelo, e insisteva perché lo raggiungesse con tutta la famiglia. I suoi fratelli erano partiti, ma lei riteneva che si potesse ancora vivere bene nell'isola. Si sentiva colma di sentimenti positivi; un avvenire luminoso si stava espandendo, come la luce di una stella sempre più vicina; pochi passi e sarebbero entrati nella sua orbita felice tutti insieme.

1.

Dopo la partenza dei trasportatori e una scodella di zuppa, consumata mentre leggeva avidamente il libro sulle cere vegetali, Gazania aveva preso subito sonno. Senza forze, si era appoggiata alla base di Aster mentre un cerchio di formule chimiche faceva il girotondo nella sua testa.

Poco dopo mezzogiorno si svegliò, riposata e pronta all'azione. Si spalmò il viso e il corpo con la crema solare, proponendosi anche di trovare una soluzione per la colorazione verde che assumeva la pelle dopo averla assorbita. I bambini ne erano entusiasti – anche io voglio diventare una lucertola! – gli adulti molto meno.

Si infilò il turbante per proteggere la testa, senza calare la fascia anteriore sul volto, e per schermare la retina indossò due lenti a contatto azzurre. Aveva bisogno di valutare gli effetti del Sole anche sulla pelle più sottile del viso.

Oltrepassò l'uscita Tramonto della serra quando mancavano pochi minuti all'una. Le ore zenit, il momento più caldo e pericoloso per trovarsi all'aperto. Il termometro esterno segnava trentanove gradi centigradi, con un'umidità dell'ottantasei per cento. Dopotutto marzo era sempre stato il mese delle goccioline di rugiada sulle foglie e l'effetto si traduceva in una sensazione di pellicola impermeabile e appiccicosa sull'epidermide.

Il mondo fuori dalla serra era il mondo del silenzio.

Il calore faceva posare gli uccelli al riparo degli alberi, rintanare i gerbilli, zittire le cicale. Si udiva, a tratti, soltanto lo sbatacchiare della bandiera in cima al tetto della serra.

Gazania prese a ovest, diretta verso una zona conosciuta come Castelli, una distesa irregolare di dossi e vallette coltivate. In lontananza spiccavano i tetti spioventi di un gruppo di costruzioni sparse, abitate dagli agricoltori. Le case reggevano grazie ai muri spessi e ai tetti ricostruiti in modo che l'aria ci passasse attraverso, mentre gli esseri umani campavano per merito delle coltivazioni all'asciutto. Seminavano soprattutto tuberi e radici baliche – le piante di Baal trattenevano acqua – ottenendo risultati particolarmente saporiti grazie anche alla ridottissima quantità di acqua.

Poiché questa piccola comunità lavorava all'aperto, Gazania aveva proposto la sua crema solare a due conoscenti, Parsa Zanda e Aramu Aramu, che si erano specializzati nella coltivazione dei meloni.

Mentre si incamminava, Gazania aveva l'impressione che l'esposizione al Sole la rinvigorisse; il respiro diventava più lento e profondo; l'aria calda le infondeva una calma che partiva dal petto e si espandeva in ogni direzione, fino alla punta degli alluci. Aveva tenuto i sandali, ripromettendosi di verificare in un secondo momento se vi fosse davvero una relazione tra la crema e lo sviluppo delle escrescenze sotto i piedi.

Si guardò intorno, piena di buon umore. Il suo cuore salutava gioioso le piccole infestanti, tenaci nel loro vegetare; le ginestre esplodevano nuvole di giallo; le euforbie odorose cantavano verde verde verde, sfidando il caldo.

Una moltitudine di sorelle spontanee, non piegate alla volontà degli esseri umani.

Piante inutili, dicevano gli sciocchi. Inutili per chi? A misurare tutto col metro umano si ottenevano risultati falsi. Le "inutili" contribuivano al microclima e allo scambio di ossigeno/anidride carbonica quanto e più delle fruttifere o delle commestibili. Le "inutili" si espandevano nei momenti di abbondanza ma sapevano resistere quando perfino le pietre si spaccavano dal caldo.

Dopo venti minuti di camminata di buon passo, si fermò e controllò i propri dati sul rilevatore inserito nel microchip. La temperatura corporea era salita a trentasei e mezzo ma lei non avvertiva alcun surriscaldamento, al contrario, percepiva braccia, gambe, testa, fresche e leggere. Il battito cardiaco era normale, l'idratazione generale si manteneva sul novanta per cento; nessun accenno di secchezza oculare e nessun arrossamento cutaneo.

Riprese a camminare. Poteva ritenersi orgogliosa della sua formula. Se fosse riuscita a eliminare l'effetto lucertola e la tendenza a modificare il derma, l'avrebbe potuta offrire a tutti i cittadini. Ma perché limitarsi alla sua città? L'avrebbe regalata all'intera isola o addirittura a tutte le aree desertiche del mondo!

L'euforia svanì quando vide una figura umana in piedi al centro di un campo di meloni. Gazania affrettò il passo. La scena le ricordava Asfodelo: le braccia spalancate, la testa reclinata all'indietro rivolta al Sole, la bocca semiaperta in un'estasi di luce. Qui però si trattava di Parsa.

La donna indossava soltanto una leggera camicia di lino e manteneva un'immobilità preoccupante. Gazania le rivolse la parola e quella non rispose. Teneva gli occhi chiusi, come sospesa in un sonno meridiano da sonnambula, uscita di casa seguendo una volontà non sua. Sulla pelle bronzo scuro di Parsa sporgevano i canali paralleli delle arterie e delle vene; si delineavano lungo il collo, le braccia, le cosce e i polpacci, simili alle rigature della corteccia dei salici. I piedi affondavano nel terreno soffice fin quasi alla caviglia.

"È così da due giorni."

Gazania sussultò. Al suo fianco era comparso Aramu. Senza scarpe, gli occhi stralunati, indossava anche lui soltanto un camicione di lino aperto sul petto.

"Due giorni! Sei pazzo a lasciarla fuori al Sole?"

"Guardala," sussurrò Aramu. "A me sembra felice."

Gli occhi dell'uomo brillavano in modo inquietante. La sua pelle si era scurita parecchio, ai lati del pomo d'Adamo spiccavano le carotidi, grosse come collettori da irrigazione, e le iridi apparivano schiarite, non più castane ma gialle.

"Una mattina siamo usciti nel campo per fertilizzare i meloni. Ci eravamo spalmati la tua crema, perciò eravamo tranquilli. A un certo punto Parsa mi ha detto: mi riposo un attimo. Si è alzata in piedi ed è rimasta così. Ho provato a convincerla a rientrare in casa..."

Gazania allungò una mano e toccò un avambraccio della donna. La pelle era asciutta ma non secca in modo pericoloso; curiosamente fredda, a dispetto di come si sarebbe aspettata.

"Parsa! Svegliati!"

Le pupille, sotto le palpebre, sfrecciarono rapide; le palpebre stesse tremolavano e poi, lentamente, si sollevarono. Era alta quanto Gazania, per cui si guardarono dritte negli occhi. Le iridi di Parsa ricordavano il colore del miele di acacia.

"Cosa ti sta succedendo?"

Le labbra di Parsa furono attraversate da un fremito.

"Sto   bene." Più che parlare emetteva dei suoni di gola, udibili soltanto da vicino.

"Torna in casa con Aramu, ti prego."

Parsa fece ondeggiare la testa, ricordando a Gazania il movimento delle fronde giovani mosse dal vento.

"Sto   bene   qui."

"La crema non può proteggerti in eterno dalla radiazione ultravioletta. Oramai i suoi effetti saranno terminati. Devi metterti al riparo."

Gazania provò a tirarla per un braccio ma l'altra pareva inchiodata al terreno. Si abbassò, strinse un polpaccio tra due mani e cercò di farle sollevare un piede. Parsa mugolò infastidita. Gazania diede uno strattone e riuscì a farle staccare il piede destro dal terreno. Parsa gridò di dolore, Aramu si avventò su Gazania e la tirò indietro afferrandola per la tuta.

"Le fai male! Le fai male!"

Gazania aveva già mollato la presa, sbalordita da quello che aveva visto. La pianta del piede di Parsa era collegata al terreno da un fitto groviglio di radici, grosse come lombrichi.

Parsa aveva riabbassato il piede e muoveva le dita in modo da scavare nella terra del campo, cercando rifugio nel suolo. Il suo petto si alzava e si abbassava con violenza, affannata come se l'altra avesse cercato di strangolarla. Aramu, in ginocchio, le cinse i ginocchi con le braccia, posando la testa sul grembo della moglie.

"Sono io, Parsa," biascicava, "non temere. Ti difendo io."

Gazania, ricaduta all'indietro sul sedere, arretrò appoggiandosi alle mani e ai piedi, inorridita. Parsa stava diventando un vegetale a tutti gli effetti.

Ora capiva la pelle coriacea e la necessità di stare al Sole. La crema modificava le cellule cutanee in modo che limitassero la traspirazione, come facevano i vegetali chiudendo gli stomi quando il calore diventava troppo intenso. E proprio a imitazione delle piante, il derma dei piedi si modificava, andando ad assorbire l'umidità e i micro elementi dal suolo. Per questo motivo non poteva muoversi, soprattutto durante le ore zenit.

Gazania si risollevò e fuggì.

2.

Stava correndo lungo la strada di terra battuta quando uno scampanellio la fece voltare. Anghel, in sella al suo triciclo, le faceva segno di salire sul cassone posteriore vuoto.

"Che cosa ti succede? Hai visto uno spettro?"

Gazania gli afferrò un braccio.

"Anghel, mi devi ridare la crema! I flaconi che ti ho dato all'alba, dove sono? Ce li hai qui?"

"Ehi, ragazza, non è bello chiedere indietro un regalo."

"Non usarla! Non devi usarla! La formula è pericolosa. Ha un effetto mutante sull'organismo umano."

"Ti trasforma in un albero?" E sorrise riempiendosi di rughe sotto gli occhi, benevolo e maligno come la sua divinità elettiva.

"Tu sai!"

"Oh, Gazania, all'inizio credevo di essermi sbagliato. Non l'ho detto a nessuno perché non volevo essere preso per matto."

Anghel si sfregò la nuca, indeciso se continuare a parlare oppure no. Spinse indietro il cappello di giunco scoprendo gli occhi. Le iridi turchine saettavano su di lei, piene di sgomento.

"Una volta al mese faccio una giornata di preghiera. Supplico Bes di aiutarci contro la siccità, anche se non è proprio la sua competenza. Be', in genere vado a pregare qui di fronte, in cima a Campo della Guerra, dove ci sono le rovine del tempio. Si dice che siano i resti di un tempio dedicato ad Astarte, ma non credo che Nostra Signora si offenda se prego qualcun altro. Insomma, mi metto lì e non mi preoccupo quando arrivano le ore zenit, perché ho spalmato la tua crema in tutto il corpo, perfino tra le dita. Sto in piedi, fermo, guardo il mare e ripeto la litania. Mi sento in pace col mondo. Il mese scorso, al tramonto, al momento di andar via, sollevo un piede e sento qualcosa che mi tiene. Grande Bes, penso. Un demone mi afferra da sotto e non mi vuole mollare. Allora piego il ginocchio, tiro su e vengono fuori..."

"Le radici!" esclamò Gazania.

Anghel annuì.

"Stamattina ti ho chiesto di mostrarmi i piedi ed erano lisci!"

"Le ho strappate. Poi ho passato la pietra pomice e ho fatto un impacco di argilla."

Gazania rimase in silenzio per un po'. Il suo desiderio di prove sperimentali era stato esaudito, anche se la direzione non era quella sperata.

"Ma è una buona cosa," riprese Anghel, ammiccando. "Vedi le piante? Due gocce d'acqua e sono verdi. Sono più capaci di noi a vivere. Però noi abbiamo l'ingegno. Tu ce l'hai e lo usi bene. È così che ce la faremo."

Gazania rimuginò le parole di Anghel. Passato il momento di panico, si domandava quale sensazione dovesse dare mettere radici, nutrirsi di luce e di terra. Avrebbe potuto toccare Aster! Toccarla davvero, nel sottosuolo, nelle sue parti tenere e segrete; avrebbero potuto intrecciare la loro amicizia coi filamenti dei rizomi e i pensieri dell'una sarebbero stati i pensieri dell'altra.

Ma se immaginava Amaryllis, Hesperia, oppure i figli degli amici mutati in piante, le venivano i brividi. Bambini-alberelli. Non avrebbero più saltato, fatto capriole, non si sarebbero più sfidati alla corsa. Immobili in un campo, avrebbero radicato crescendo.

"Siamo al bivio," annunciò Anghel. La strada a destra portava alla serra, quella a sinistra a uno spiazzo arido incenerito dal Sole.

"Non vai alla serra?" domandò lei.

Anghel si voltò a mezzo.

"Ho sentito che ti hanno multata. Non sono fatti miei, però so che voi ragazzi siete a corto di liquidi, in tutti i sensi."

"Sì, devo inventarmi qualcosa. Metto una bancarella di creme corpo e cosmetici in via della Mirra, le prossime notti."

"Tra autorizzazioni e costi, te ne verrà poco."

"Vuoi propormi di darti una mano con le consegne extra?"

Anghel scese dal sellino e si allontanò di qualche passo.

"Conosci la secca di Maglias?" indicò un punto oltre le giravolte della strada a sinistra. "Fra dieci minuti ci troviamo lì. Siamo in cinque, tutti trasportatori. Ci spogliamo e ci facciamo arrostire dal Sole Zenit. Chi resiste più a lungo, vince."

E le rivolse un'occhiata eloquente.

"La Nonna mi dà dieci a uno."

1.

"Amaryllis, il distillatore ha finito. Suddividi l'olio essenziale nei recipienti di vetro e l'idrolato negli spruzzatori, e metti le etichette. Hesperia, dai una frullata energica a quell'emulsione e poi continua a mano, col cucchiaio."

Gazania era riuscita a ritagliarsi un paio d'ore notturne per preparare creme e altri cosmetici indispensabili. I bambini le facevano da assistenti, concentrati nei loro compiti con tutta la dignità di chi sente di stare compiendo un lavoro importante.

"Dobbiamo anche fare un cic... un cicazante. Per gli oleandri," concluse decisa Hesperia.

"Ah, un cicatrizzante," disse Gazania. "Ce l'ho già pronto. Appena possibile glielo portiamo."

"Sono nostri fratelli, gli oleandri," disse Hesperia.

"E se loro verdeggiano, anche noi verdeggiamo," aggiunse Amaryllis.

Imparavano in fretta, i piccoli. Ecco a cosa servono i figli, a rimetterti nella giusta direzione quando perdi la via.

I bambini continuarono a guardarla, in attesa, pieni di fiducia.

"Andremo fra un paio d'ore, all'alba."

"Evviva!"

Sollevarono le braccia in un gesto di esultanza e poi tornarono a etichettare i flaconi. Gazania spense la centrifuga ed estrasse il contenuto, la pruina di alcune foglie di *agave tequilana*; le piante crescevano in grande quantità sulla collina ed erano i resti della coltivazione intensiva del secolo precedente.

I ruderi della distilleria testimoniavano che c'era stato un tempo in cui la manodopera abbondava e il marchio FILOBIRDI compariva sulle bottiglie in vendita nelle enoteche. Poi la popolazione aveva cominciato a emigrare, la fabbrica aveva trovato sempre meno lavoratori per raccogliere e far macerare la pigna, il cuore della polpa.

Nella formula della crema la pruina aveva un ruolo essenziale: limitava l'evaporazione corporea senza impedire la traspirazione. Gazania voleva capire in quale modo si legasse ai grassi della pelle. Il suo principio si basava sul fatto che vegetali ed esseri umani condividevano i trigliceridi. Siamo più simili di quanto non sembri, pensava. La natura usa varie forme, ma le sostanze sono sempre le stesse.

Aveva centrifugato l'olio estratto dalla polpa, ottenendo una cera gommosa e la stava esaminando al microscopio. La struttura presentava le caratteristiche tipiche di tutte le cere, una rete di acidi grassi, ma questo non spiegava la formazione di un apparato radicale.

Si allontanò dall'oculare e osservò il colore verde delle sue braccia. Non si era fatta la doccia, dopo essere rientrata nella serra. Prese un vetrino pulito e il coltellino affilato con cui aveva pelato le foglie d'agave; con la lama si grattò delicatamente la pelle e spalmò il grumo ottenuto sul vetrino. Lo spruzzò col fissativo e lo mise sotto la lente. Il risultato era un pastrocchio di grasso vegetale, frammenti di derma e minuscoli coaguli di sangue.

Con un sospiro di delusione si lasciò andare sullo sgabello. I bambini avevano terminato di confezionare i preparati e attendevano altri ordini.

"Ho bisogno di un tè," disse Gazania alzandosi.

2.

Sul tavolo della piazza centrale Metis estraeva ciottoli da una giara e li allineava sul grande tavolo vivente.

"...pietra rossa, pietra rossa, pietra rossa..."

Gazania si era dimenticata di votare. Dopo aver visto Parsa, le questioni interne le apparivano irrilevanti. La crema poteva essere la soluzione a tutti i loro problemi. Se la gente si fosse radicata, gli agricoltori non avrebbero avuto bisogno della pioggia; le coltivazioni sarebbero state inutili, la nutrizione non sarebbe più passata per lo stomaco, le radici avrebbero estratto dal terreno i principi nutritivi.

"Che perdita di tempo," bofonchiò una trasportatrice a un collega, nascondendo la bocca dietro la tazza di tè. "Tanto ce ne andremo."

L'altro la guardò di sottecchi. "Hai trovato lavoro a Nord?"

"Sto ancora cercando."

"Dicono che la vita a Nord sia un gran casino."

"Ah, qui invece è una gran goduria!" replicò la donna.

Sentir parlare di migrazioni, di abbandono, faceva venire i sudori freddi a Gazania.

"Ventitré pietre rosse e cinque bianche," dichiarò Metis a malincuore.

"Io non ho votato," disse la Nonna. Si grattava la foresta di capelli scuri e corposi che si ostinava a tenere lunghi, l'altra mano occupata da un bicchiere di malvasia. "Son tutte baggianate! Gli acchiappa nuvole vi spilleranno un po' di frutta e verdura, metteranno qualche congegno qua e là in cima alle colline, tanto per far vedere che sono scienziati, e se ne andranno dicendovi di aspettare il temporale. E voi gonzi ve ne starete a bocca aperta all'insù, come tanti lavandini vuoti. Saranno le mosche a riempirvi il gargarozzo."

"Il... cosa?" sussurrò la trasportatrice al suo collega.

"Sarà un insetto," si strinse nelle spalle l'altro.

"Tambussaria è un gruppo affidabile," disse Xilo, alzandosi in piedi. "Hanno lavorato in Africa e in Hiberia. I risultati sono garantiti."

"Sì, e a me cresceranno altre due mani."

"Così potrai grattarti il doppio," ribatté Gazania a denti stretti.

La Nonna scosse la testa, divertita e sprezzante. "Credete di aver capito tutto."

"Nonna cara, la siccità è farina del vostro sacco," Gazania fronteggiava la vecchia senza timore, salda sulle gambe. "Noi abbiamo ereditato soltanto il sacco, vuoto e bucato. Ora ci tocca rammendarlo."

"Buttatelo! Non ne vale la pena. Il vostro lavoro è uno spreco di tempo. Andate a Nord, spostatevi, finché potete farlo."

"Se ce ne andiamo tutti, chi si prenderà cura di questa terra? Noi abbiamo dei doveri nei suoi confronti. Voi l'avete avvelenata, noi cerchiamo di guarirla."

La Nonna sollevò il bicchiere di vino.

"Brindo all'idiozia!" Lo vuotò d'un fiato e lo gettò in terra con noncuranza.

Un segnale sonoro interruppe la lite.

"Sono arrivati!" esclamò Jodis alzandosi in piedi.

"Alla porta Alba," aggiunse Xilo, leggendo la proiezione del messaggio.

Tutti dimenticarono le beghe interne e si mossero dietro a loro per accogliere gli esperti della pioggia. La Nonna si accostò a Gazania.

"Oh Zizzania, Anghel ha vinto la gara di resistenza. Scommetto che la cosa non ti sorprende."

Sapeva della crema solare. La Nonna sapeva sempre tutto. Di sicuro le avrebbe contestato la vincita.

"Ti pago la scommessa," disse la vecchia. Allungò il polso col bracciale e in un fruscio elettronico il denaro finì nel conto di Gazania. Si guardarono negli occhi.

"Mi dispiace che tu non riesca a immaginare la nostra vita qui, dove siamo nati."

"Io immaginavo quando tu ancora non esistevi. Ho immaginato troppo, perciò adesso siamo come siamo."

3.

All'esterno l'aria conservava la frescura umida della notte. L'erba scintillava di rugiada sotto i primi raggi del Sole e sulla piattaforma della seggiovia Xilo, Jodis e gli altri circondavano quattro persone vestite in modo troppo attillato per il clima locale.

"Ma guarda come crescono alti i nordici," commentò Metis.

"Sarà il fertilizzante a base di arroganza," le fece eco Gazania.

Si accostarono di qualche passo e uno dei nuovi arrivati, con l'aspetto e il sorriso di un attore di Bollywood, si fece avanti porgendo loro la mano.

"Sono Indra. Felice di conoscervi."

"Indra, addirittura!" replicò Gazania, stringendogliela. "Non c'era bisogno di scomodare le divinità per noi. O forse siamo un caso disperato?"

Lui rise divertito. Pallone gonfiato, pensò Gazania, cercando con gli occhi la complicità di Metis, ma l'altra non riusciva a staccare lo sguardo dallo straniero, affascinata dalla sua avvenenza.

"In verità è la prima volta che veniamo nell'isola e siamo elettrizzati. I climatologi vi citano come il luogo con la primavera di un giorno e un'unica settimana di pioggia autunnale, eppure riuscite ancora a coltivare."

"Siamo imparentati coi fichi d'india."

"Spinosi fuori ma dolci dentro," sorrise Indra.

Xilo invitò gli ospiti all'interno della serra, aveva preparato pane fresco e dato fondo alle conserve della dispensa. Per i nuovi arrivati era una colazione, per i lavoratori della serra una cena.

"Sarà interessante abituarsi ai vostri orari rovesciati," commentò Elear, il più giovane del gruppo.

Stabilirono che due ospiti, Gunhild e Teshub, avrebbero dormito in casa di Amegilla; per Indra ed Elear Jodis aveva preparato due tende in mezzo all'agrumeto, agganciando alcuni teli di iuta ai rami degli alberi.

"Oh, non preoccupatevi," disse Gunhild. "Abbiamo preso accordi con la famiglia Belu. Ci ospiteranno loro."

Un silenzio stupito seguì alle sue parole.

"Conoscerete Retama e Neria Belu, i celebri meteorologi."

"La meteorologia da noi è un'attività superflua," commentò Metis. "Qui il tempo è sempre uguale: Sole, Sole e ancora Sole."

"Ah be', nell'Hiperabitat sono famosi per essere tra i pochi ad avere dati storici sull'evoluzione del clima dell'isola," continuò Gunhild. "La loro famiglia misura le precipitazioni e gli altri fenomeni atmosferici da più di quindici generazioni."

Xilo si strinse nelle spalle: "La famiglia Belu vende fertilizzanti e antiparassitari di sintesi," disse. "Ma se preferite stare da loro..."

"Cominciamo bene," disse Metis a Gazania. "Lavorano per noi e dormono dalla concorrenza."

"Potremmo non avere più bisogno di loro."

"Il Sole ti ha dato alla testa?"

"Metis, sai mantenere un segreto?"

Gazania le raccontò ciò che stava capitando a Parsa.

"Astarte ci protegga!" reagì l'amica. "È terribile. Potrebbe essere la fine della serra."

"Oppure un nuovo inizio."

4.

"Si chiama Parsa Zanda e coltiva questi campi da molto tempo."

Gazania aveva portato Hesperia e Amaryllis davanti alla donna. Voleva osservare le loro reazioni. I bambini le girarono intorno, studiandola con attenzione.

"Cosa le è capitato?" domandò Amaryllis.

"Le avevo dato la mia crema solare e ora sta mettendo radici" rispose Gazania.

"Sembra Kynganna," esclamò a un tratto Hesperia.

"La storia a fumetti?" Gazania era meravigliata. Ogni settimana nell'Hiperabitat usciva una puntata delle avventure di Kynganna, un gruppo eterogeneo di ragazzini e ragazzine in giro per il mondo.

"È vero!" concordò Amaryllis. "Le puntate su Lucerta e Nibia. La storia è così: la banda arriva in un paese dove, se uccidi un animale, ti trasformi nell'animale che hai ucciso."

"Solo se è un vertebrato," precisò Hesperia.

"Giusto. Niente formiche, ragni o cavallette," riprese Amaryllis. "E dopo che ti sei trasformata puoi volare come un nibbio o sgusciare sotto i sassi come una lucertola!"

"La cosa buffa" aggiunse Hesperia, "è che Lucerta, dopo essere ritornata umana, qualche volta desidera mangiare coleotteri e a Nibia viene l'acquolina solo a vedere una biscia d'acqua."

"E come risolvono il problema?" domandò Gazania.

I bambini si scambiarono un'occhiata divertita.

"Lucerta ogni tanto va al ristorante degli insetti..."

"...e Nibia impara a pescare le anguille in uno stagno costiero."

"Forse anche Parsa, quando smetterà di fare l'albero, rimpiangerà la terra" disse Hesperia, guardando la donna.

"È bello essere un albero," Amaryllis sollevò le braccia oltre la testa, allargò le dita, alzò il mento nell'imitazione plastica di una pianta. Hesperia lo seguì, assumendo una posa meno tipica, una gamba sollevata, la schiena e le braccia chine in avanti.

"Che albero sei?" chiese lui.

"Un albero cresciuto sotto il maestrale."

Parsa aprì gli occhi e la sua bocca si allargò fino ad assumere la parvenza di un sorriso. Dal petto sussultò fuori una risata un po' legnosa, quindi abbassò le braccia e scrutò i bambini con gli occhi color ambra.

"Venite, piccoli," raschiò la sua gola. "Venite ad assaggiare un melone. Ce n'è uno bello succoso proprio laggiù. Lo sento."

Con estrema lentezza staccò un piede dalla terra e fece un passo. Barcollava, o meglio, ondeggiava come un giunco scosso dal vento. Gazania protese le braccia, pronta a sorreggerla, ma la donna riuscì a mantenere l'equilibrio. Ogni passo richiedeva diversi secondi, tuttavia riusciva a procedere nella direzione da lei stessa indicata.

Aramu, che stava lavorando poco lontano, si avvicinò al gruppetto. Colse lui il melone, lo affettò e lo distribuì. Parsa rifiutò di mangiare. Gazania tagliò la buccia a piccoli tocchi e la interrò ai suoi piedi. Il volto della donna si distese in un'espressione di appagamento. Ormai Parsa apparteneva ai meloni, erano la sua gente. In fondo, però, non c'era una grande differenza tra impossessarsi dell'energia di un frutto attraverso la bocca e lo stomaco o assorbirla dal terreno.

5.

Dopo lo spuntino, Gazania, Amaryllis ed Hesperia salutarono gli agricoltori e si recarono al parco di Monte Laro. Gli oleandri erano stati tutti potati. Una triste fila di mutilati con i moncherini esposti all'aria, stillanti linfa e dolore.

Gazania infilò i guanti di lattice e mostrò ai bambini come spalmare l'unguento sulle parti tagliate.

"E se qualcuno di quegli stupidi droni giardinieri volesse potare Parsa?" si chiese Hesperia, mentre cospargeva un taglio orizzontale.

"Parsa è umana. Sarebbe un omicidio," replicò Amaryllis.

"Allora potremmo buttare giù i droni e non ci multerebbero."

"No. Anzi, ci direbbero che abbiamo fatto bene!"

"Siete sicuri che Parsa sia ancora umana?" disse Gazania. "Sta ferma al Sole, parla poco, non lavora."

"Mi ricorda la Nonna," disse Amaryllis.

"Oppure Asfodelo," aggiunse Hesperia.

E proprio in quel momento il suono dell'armonium li raggiunse. Si voltarono tutt'e tre in direzione del gazebo.

"È riuscito a ripararlo. Non stona più."

La musica arrivava limpida e carezzevole, come in passato, quando Asfodelo suonava ogni sera al tramonto, davanti a un pubblico sempre numeroso ed entusiasta. A Gazania vennero le lacrime agli occhi per la nostalgia.

All'inizio Asfodelo aveva fatto parte della cooperativa Astarte, ma dopo qualche tempo c'era stata una lite. I compagni lo rimproveravano di essere troppo lento nel lavoro; lui si era difeso sostenendo il diritto al rispetto del proprio tempo e poi, dopo un diverbio più acceso del solito, se n'era andato.

Giovane e senza figli, non aveva accesso all'assegnazione di una casa, e neppure l'avrebbe voluta. Aveva piantato l'armonium nel parco, sotto il gazebo delle bougainvillee, e lo suonava per diverse ore, a tarda notte o poco prima dell'alba, radunando un gran pubblico. Il comune gli aveva assegnato allora lo stipendio riservato agli artisti della città, ma dopo qualche tempo Asfodelo aveva smesso di tenere concerti. Gazania non aveva mai capito se lo avesse fatto per pigrizia, per noia, o per non ricevere più la sovvenzione pubblica, mettendo al primo posto nella sua scala di valori la coerenza con la dottrina del non lavoro.

Quando ebbero finito di occuparsi degli oleandri andarono verso il gazebo e trovarono Asfodelo intento a pizzicare le corde dello strumento, gli occhi chiusi, il volto abbandonato al piacere della musica. Vicino a lui c'era uno degli stranieri, il giovane Elear; seduto a gambe incrociate, sfiorava alcuni tasti nella parte inferiore dell'armonium, a tempo con la melodia, dando al brano musicale una profondità sonora mai sentita prima.

Mentre Asfodelo si faceva inondare dal Sole, Elear portava un cappello circolare color nuvola, che ruotava ad altissima velocità, emettendo un sibilo appena percepibile ma molto irritante. Il cappello generava un vortice di fresco che avvolgeva il corpo dello straniero.

Oltre le arcate del gazebo, nel prato digradante verso via della Mirra, si vedevano Indra, Gunhild e Teshub, protetti dagli stessi cappelli, i corpi sfumati, grigi, come se fossero stati immersi in una nebbia. Tre creature grandi come piccioni svolazzavano intorno a loro.

I bambini corsero a vedere di cosa si trattava, Gazania li seguì e si trovò a pochi passi da Retama e Neria Belu. Entrambi si proteggevano dal Sole reggendo con molta grazia un ombrello di tessuto elios. Le rivolsero una breve occhiata noncurante e tornarono a concentrarsi sulle creature volanti.

In lontananza, oltre la strada, svettava la loro abitazione, un antico grattacielo i cui piani alti erano stati sventrati, ricoperti di terra e occupati da coltivazioni vegetali. I ginepri fenici sporgevano dai balconi, proteggendo l'interno dai venti e dalle ondate di calore. In cima giravano diverse pale eoliche di varia grandezza e altri supporti che sostenevano strumenti rotanti o piastre luminose che si spostavano seguendo il corso del Sole.

"Attenti! Ora le facciamo scendere!" gridò Teshub.

Tre piccoli apparecchi di forma allungata, il corpo arrotondato suddiviso in due parti da una strozzatura, ciascuna dotata di eliche, e la testa munita di due antenne sottili e flessibili, discesero a tutta velocità puntando su di loro. I bambini si abbassarono piegando le ginocchia e si ripararono la testa con le braccia. I Belu non fecero un movimento. Gazania si costrinse a restare ferma, anche se avrebbe voluto comportarsi come Amaryllis ed Hesperia.

Gli oggetti volanti si fermarono a mezz'aria, a un metro da loro. Ciascuno aveva un colore diverso, verde, fucsia, giallo.

"Abbiamo rilevato l'umidità, la velocità del vento e la quantità di particelle di sabbia presenti nell'aria," annunciò Gunhild, china sul piccolo schermo di cui era dotato il suo dispositivo di controllo.

"Integreremo questi dati con quelli che ci avete fornito voi," aggiunse Teshub, rivolto ai Belu. "Così avremo un quadro completo del clima del luogo in questo momento dell'anno."

"Quando pensate di effettuare la prima pioggia?" domandò Neria Belu.

"Stasera, al tramonto."

I Belu si scambiarono occhiate di soddisfazione.

"Così presto?" sfuggì a Gazania.

"Xilo ci ha detto che le colture hanno bisogno di acqua adesso," le rispose Indra. "Noi però resteremo per un paio di mesi. Dobbiamo imparare tutto sull'agricoltura di precisione."

Sorrise con rassicurante pacatezza.

"Mi fai provare il tuo cappello?" gli chiese Hesperia.

Indra toccò con un dito la nuvola circolare che aveva sulla testa e il sibilo si bloccò insieme alla rotazione. In mano gli ricadde un dischetto metallico che pareva imbottito di cotone. Hesperia si era già tolta il suo copricapo e attendeva emozionata.

Indra posò il piccolo disco sulla testa della bambina facendolo ruotare con un movimento rapido delle dita. L'oggetto si gonfiò, si sollevò in aria e soffiò fuori dagli ugelli una nuvoletta di atmosfera modificata.

"Oh! Siete tutti grigi!" esclamò Hesperia.

"È il prezzo da pagare per stare al fresco," rispose Indra.

La bambina si spostò lungo il pendio, inseguita da Amaryllis che la pregava di farglielo provare. Indra si guardò intorno, strizzando gli occhi e inspirando lentamente l'aria calda della mattina.

"Mi piace sentire gli odori," disse rivolto a Gazania. "Il cappello climatico tiene fuori le cose spiacevoli ma anche quelle piacevoli. Mi piace il Sole sulla pelle, con un po' di allenamento potrei abituarmici."

Amaryllis era riuscito a portar via il cappello a Hesperia e tentava di avviarlo sulla sua testa, senza trovare lo scatto giusto per farlo ruotare. Tecnologia costosa e complicata. Gazania pensò che la sua soluzione contro il Sole fosse di gran lunga più conveniente.

1.

Al tramonto la serra si svegliò. Xilo e Jodis avevano mandato lo stesso messaggio a tutti: la pioggia inizierà su Campo della Guerra al calar del Sole.

Anche la Nonna seguì la piccola folla diretta al vallo, la striscia di terra piatta che divideva le due sommità della collina. Non credeva che gli stranieri avrebbero fatto piovere, ma era l'occasione giusta per proporre nuove scommesse: pioggia sì e pioggia no. Dava il sì venti a uno, peggio per i grulli ottimisti, e il no cinque a uno.

"Perché lo chiamate Campo della Guerra?"

Gunhild, ferma al suo fianco, contemplava la distesa di asfodeli davanti a loro. Più avanti, tra le acacie e le ginestre, spuntavano i tetti a falda di alcune abitazioni, ricoperti di pannelli solari.

"C'è una leggenda," rispose la Nonna. "In passato gli abitanti della città hanno combattuto contro i demoni per il possesso di questo versante della collina."

Gli stranieri si erano radunati intorno a lei, incuriositi.

"E come finì?" chiese Elear.

"Vinsero i demoni. Su quest'isola le cose sono rovesciate. Qui il bene non vince mai, neppure nelle leggende."

"Meno male che abitate a Campo della Pace," commentò Indra.

"Che facciate piovere oppure no, io ci guadagnerò lo stesso."

La Nonna si allontanò dagli stranieri. Stupide bestie scientifiche. Credevano di controllare il mondo e di fare il bene dell'umanità! Sollevò lo sguardo al cielo, l'azzurro terso si stava scurendo, il Sole scendeva dietro le montagne. Neppure una nuvoletta, uno stratocumulo all'orizzonte, un piccolo nembo. Sorrise compiaciuta.

Due trasportatori le si avvicinarono per scommettere. Quella era l'unica realtà, la passione umana per l'incognito e la volontà di ricavarne soldi.

Gli stregoni avevano circoscritto un'area e al centro avevano posato i loro aggeggi colorati; si spostavano in continuazione, misurando qualcosa con un oggetto rettangolare. Bella messinscena. Faceva trattenere il fiato. Si chiese se non fossero loro l'asso nella manica di Retama Belu e una piccola inquietudine le pizzicò l'anima.

"Dieci erui sulla pioggia!"

Gazania aveva lasciato la mano di Amaryllis ed era corsa da lei.

"Siamo in vena di sprechi, eh?" sogghignò la Nonna, mentre risucchiava il denaro col bracciale dal chip della ragazza.

Gli stranieri si fermarono agli angoli di un quadrato immaginario, si scambiarono un cenno di approvazione e iniziò lo spettacolo. I droni a forma di vespe si sollevarono in aria contemporaneamente e spruzzarono un fascio di vapore, sottile, denso; eseguirono alcuni movimenti, quasi danzassero una quadriglia, e ogni spostamento intrecciava i fili, complicando il disegno iniziale. Una ragnatela di vapore si stagliò per qualche secondo nel cielo e poi sembrò disfarsi; le linee nette dei fili sfumarono mescolandosi, diventando qualcosa che ormai si vedeva di rado: un nuvolone grigio dal cuore tenebroso.

La nuvola pareva un grosso toro imbrigliato dalle piccole vespe e come queste iniziarono a girargli intorno, anche la nuvola prese a ruotare, una grossa trottola eterea.

I droni-vespa continuavano a lanciare corde di fumo e i fili, espandendosi, generarono altre nubi. Un grido partì dalla folla, molte braccia si levarono a indicare i lampi turchini che percorrevano il grigio scuro. La Nonna ebbe l'impressione di udire anche un debole tuono.

Be', doveva ammetterlo, la meteorologia aveva fatto passi da gigante, rispetto ai suoi tempi. Dall'ammasso in alto giungevano ondate d'aria fresca e lei sentiva i peli dritti e i brividi di freddo lungo le braccia nude. Si toccò una guancia. Una lacrima? Stava piangendo? Impossibile. Ricordava bene l'ultima volta in cui aveva pianto, settant'anni prima, quando le avevano negato i finanziamenti per il rinnovo dei supporti sperimentali.

I bambini stavano ballando di gioia a braccia larghe, la bocca aperta, la testa all'insù, bevendo le prime gocce di pioggia. I ragazzi della cooperativa si abbracciavano, si congratulavano con Xilo. Un secondo scroscio d'acqua fu accompagnato da un forte tuono. Grida festose e urrà. La Nonna si tolse il cappello e lasciò che l'acqua le scorresse sulla testa. Sbatté le ciglia, turbata; la pietra che le premeva sul petto diventò più leggera, sembrava sciogliersi a poco a poco, come sale.

Poi giunse un invitato sgradito. Una divinità maligna premette un interruttore celeste e accese il vento. Di punto in bianco una brezza gagliarda spostò le nuvole verso ovest, il Sole, fermo sul crinale dei monti, fece apparire un arcobaleno che affondava un'estremità dentro le ville costruite sopra Campo della Guerra. Da tempo la Nonna sospettava che il Sole fosse dalla parte dei ricchi.

Il vento aumentò e spostò le nuvole ancora più avanti. Le espressioni di giubilo mutarono in stupore e allarme.

"Scappano!" gridò Amaryllis. "Fermatele! Fermate le nuvole!"

Tutti avevano sollevato le braccia, come se potessero trattenere il manto grigio del cielo. I quattro di Tambussaria armeggiavano con i telecomandi; avevano lanciato le vespe all'inseguimento del vascello temporalesco, e lanciavano arpioni di vapore nel tentativo di fermarlo, ma la magia si era dileguata, soffiata via dal maestrale. Con una grancassa di tuoni e fulmini, il temporale si scaricò nel golfo, proprio sopra il mare.

"Piove sul bagnato," chiosò la Nonna. "Conoscete questo proverbio a Nord?"

2.

Durante il giorno l'orto botanico sembrava un luogo stregato. Il cancello aperto, il gabbiotto del custode vuoto, il silenzio profondo, incutevano un timore sacro. Gazania aveva sempre la sensazione di entrare in un tempio consacrato ai vegetali. Mentre camminava nel vialetto centrale le etichette delle piante si accendevano al suo passaggio, dandole informazioni su nome comune, nome scientifico, famiglia e località geografica di provenienza di ogni vegetale.

Sostò davanti al tronco spinoso della *Ceiba speciosa*, detta anche Albero Bottiglia, una creatura superlativa quanto a resistenza alla siccità. Le sue fibre immagazzinavano l'acqua presente nel terreno, gonfiandosi come spugne, dando al fusto un aspetto pieno e arrotondato, da bevitore incallito.

Gazania si guardò le braccia nude, la pelle liscia, per niente irritata dal Sole, i muscoli ben delineati, irrorati di sangue e linfa. La sua crema rallentava l'evaporazione del sudore e dei liquidi corporei; in un certo senso poteva dire di essersi ispirata all'Albero Bottiglia.

Lo sguardo scese in basso: fuori dalla serra portava sempre i sandali. Con un gesto repentino se li tolse e restò ferma davanti alla *Ceiba*, con gli occhi chiusi, muovendo le dita dei piedi per artigliare la terra, sprofondando nell'humus soffice.

Humus come umanità. Da lì provenivano, lì tornavano dopo la morte, ma la crema solare rappresentava un modo diverso di ritornare alla terra, in un senso più vivo e carnale.

Fece qualche respiro profondo e una scossa fredda salì dal terreno lungo i polpacci, le attraversò le cosce e le fece vibrare la pancia, girando intorno all'ombelico come acqua intorno a un gorgo. Dalla bocca le uscì un'esclamazione di sorpresa e di piacere. Reclinò la testa all'indietro e allargò le braccia. Il brusio del sottosuolo era intermittente, vivace; la *Ceiba* scambiava informazioni con la *Brachychiton rupestris*, con la *Datura speciosa* e con i *Ficus magnolioide*, questi ultimi distavano una ventina di metri, ma le loro radici si spandevano per il doppio del diametro della chioma.

Un mondo rovesciato viveva sotto di lei, trafficava sali minerali, si sfiorava, stringeva legami intricati, raccontava dei terreni lontani a ovest, dove il deserto si allargava prosciugando ogni vita, costringendo le sorelle che abitavano quella zona a scendere più in profondità con le radici, inspessire la cuticola, chiudere gli stomi durante il giorno; narrava dei filari di querce a est, piantate per ombreggiare alcune strade della città, gli alberi stavano producendo meno semi, perché l'aumento del calore era il tempo della contrazione, del ritiro.

Gazania scivolava sulle onde delle comunicazioni facendosi trasportare dai segnali, seguendo una svolta per l'intensità del messaggio o perché la pendenza del sottosuolo la trascinava in quella direzione. A un tratto si accorse di stare perdendo pensiero. Frammenti di se stessa restavano indietro – quale sfumatura di azzurro preferiva, la consistenza dei datteri fatti asciugare all'aria, la prima riga del poema *Finis Terrae* – piccolissime informazioni di scarsa importanza si erano staccate e, per quanti sforzi facesse, non riusciva più a ricordarle.

Imponendosi di resistere alla corrente vegetale provò a risalire. Il flusso intenso la spingeva verso il basso, verso destra e sinistra, le direzioni formavano una sfera di possibilità irresistibili.

A fatica contrasse i muscoli delle braccia, strinse le mani a pugno conficcando le unghie scheggiate nei palmi. Il dolore, seppure lieve, la aiutò a recuperare se stessa – poteva immaginare di nuovo il blu pavone che tanto le piaceva, la consistenza dei datteri poco dolci, il verso *Sorgevi azzurra e verde in un tempo azzurro e verde* – si arrampicò lungo le radici di quei ricordi stringendovi intorno mani e piedi e, in pochi secondi, fu sputata fuori dal sistema vegetale, come un nocciolo duro.

Aprì gli occhi, si guardò intorno. Ansimava. Per quanto tempo era rimasta in contatto col sottosuolo?

La luce non sembrava cambiata ma le pareva di essersi risvegliata da un lungo sonno. Provò a sollevare un piede e quello non si mosse. Lentamente raccolse le braccia al petto, si massaggiò il volto, lo sterno, lo stomaco, poi scese verso le ginocchia, piegando la schiena. Fissò i piedi e riprovò. Il piede sinistro si contrasse dolorosamente, come se avesse un crampo, e si staccò dal terreno. Subito una gran tristezza si impadronì di lei. Gli occhi le si riempirono di lacrime.

Zoppicò fino a una panchina e si guardò le piante dei piedi. Nessuna escrescenza, ma quando le spolverò dalla terra percepì una costellazione di protuberanze dalla punta dell'alluce al calcagno. Se fosse rimasta ferma per qualche ora avrebbe radicato, albero umano accanto all'Albero Bottiglia.

Infilò i sandali e strinse forte i lacci. Ora sapeva che il silenzio dell'orto era una finzione e i suoi ospiti le incutevano un rispetto guardingo. Riprese il sentiero principale, muovendosi con cautela. Un senso di solitudine accompagnò ogni suo passo.

Giunse al colossale *Taxodium distichum*, il magnifico cipresso di palude che custodiva il pozzo dell'orto. Fece scivolare dalle spalle le cinghie della tanica che si era portata appresso e calò il secchio nel pozzo, tirandolo su pieno di acqua cristallina. La falda ancora non si era esaurita. Stava travasando l'acqua nella tanica quando una voce la fece sussultare.

"Ah! Ecco dove la nascondete!"

Sollevò la testa di scatto e vide Indra a qualche metro dal pozzo, in una bolla di Sole.

"Già. Vi abbiamo sempre ingannato," replicò.

"Come mai vieni fin qui a prendere acqua?"

"Il Comune ha ridotto ancora la fornitura e l'irrigazione della serra è calcolata al millesimo. Se ne sottraessi anche solo un bicchiere gli altri se ne accorgerebbero. Sto coltivando qualcosa di illegale."

"Cacao?"

"Fragole."

"Sapevo che in alcuni paesi è proibito esportare certi frutti, ma le fragole fuorilegge non le avevo mai sentite."

Gazania strizzò le palpebre. C'era qualcosa di insolito in lui, poi realizzò che Indra non portava il cappello color nuvola e la sua pelle aveva una sfumatura particolare. Si sollevò gli occhiali da Sole.

"Sei verde!"

"Ti piace?" si pavoneggiò lui. "Elear mi ha prestato la tua crema solare. Dice che protegge anche durante le ore zenit. Gliel'ha data Asfodelo."

Doveva aspettarselo. Asfodelo aveva sempre praticato la condivisione come principio di vita.

"Ogni volta che ci spostiamo al Sud, Elear si porta appresso una valigia di crema solare, e ogni volta si brucia. Ma non stavolta! È talmente entusiasta che parla di questa crema nella sua Nicchia sull'Hiperabitat, sai, tiene un diario dei nostri viaggi di lavoro. L'ha chiamata AmicaSole."

Mentre Indra e Teshub avevano la pelle color rame e Gunhild era più scura di Gazania, Elear possedeva un incarnato latteo, gli occhi turchini e i capelli color paglia. Gazania provava un rimescolio di sentimenti: era orgogliosa che la crema avesse superato il test di verifica su una pelle così chiara ed era anche spaventata che il ragazzo avesse divulgato la notizia.

"Ne ha scritto sull'Hiperabitat," ripeté. "Quante persone leggono la sua Nicchia?"

Indra si strinse nelle spalle. "Non so. Qualche migliaio, penso."

L'ultima cosa che Gazania voleva, curiosità e interesse. I frequentatori dell'Hiperabitat erano gente sveglia, avrebbero fatto delle ricerche e sarebbero arrivati ad Asfodelo, che non avrebbe negato loro un campione di AmicaSole. Amica! Bell'ironia.

"Indra, c'è qualcosa che devi sapere. AmicaSole ha dei pesanti effetti collaterali."

"La usi anche tu. Sei color muschio di quercia."

Gazania gli raccontò di Parsa, Aramu e Anghel. Tacque la propria esperienza recente, troppo personale per parlarne con un estraneo.

"Allora è sufficiente tenere le scarpe ed evito di radicarmi," concluse lui.

Sorprendente come la facesse semplice. Gazania non capiva se fosse ottusità o leggerezza.

"Sono in giro alla ricerca di un posto riparato, adatto all'annuvolamento."

"Qui nell'isola i venti sono forti e imprevedibili, non ve l'ha detto il vostro amico Ginestra?"

"Chi?"

"Quando ero piccola gli altri bambini mi prendevano in giro perché avevo il nome di un fiore. I Belu sono più furbi. *Retama raetam* è la ginestra bianca."

Indra accennò un sorriso divertito. "Stiamo studiando il microclima e il territorio. Questo posto andrebbe bene, poco battuto dal vento e dotato di falde naturali."

"E l'acqua come la portiamo fino alla serra? Credi che non ci abbiamo mai pensato? La valle di Palamanda è un deposito naturale di acqua, ma serve un sistema di pompaggio verso l'alto. In Comune se ne parla da prima che io nascessi. Non sono mai riusciti a farlo progettare e costruire. La soluzione siete voi. Dovete far piovere!"

Gazania aveva finito di riempire la tanica, la chiuse e se la rimise in spalla.

"Torno alla serra."

"Vengo con te. Devo incontrarmi con i compagni in piazza Sarmi."

Risalirono la collina insieme fino allo slargo lastricato della piazza.

Il lastricato emanava ondate di calore.

Al loro arrivo un gruppo di cornacchie si alzò in volo, Gazania seguì lo stormo con gli occhi e vide una colonna di fumo a metà del cielo. Proveniva dai terrazzamenti Lavga, sul lato a sud-est della collina.

"Il grano!" esclamò. "Il grano va a fuoco!"

Corsero tutti e due lungo via Sanenzo. I tetti dei palazzi antichi, costruiti sul fianco a sud-est della collina, erano stati riempiti di terra dal vento e trasformati in aree coltivabili. Le spighe abbassavano gli steli appesantite di chicchi quasi maturi.

Gazania e Indra si fermarono a metà della via: Gunhild, Elear e Teshub erano lì. Smanettavano sui dispositivi di controllo a distanza dei droni, gli occhi fissi sulla cortina fumogena che emergeva dai terrazzamenti sotto di loro, rotta da lingue di fuoco che si allungavano e saettavano beffarde. In mezzo alla nube scura sfrecciavano tre forme colorate lungo traiettorie troppo rapide e lineari per essere uccelli.

L'odore di erba secca bruciata prendeva alla gola.

Da lontano giungeva l'ululato della sirena dei vigili del fuoco in avvicinamento. Gazania si morsicò le dita: non avrebbero potuto usare acqua: era razionata. I pompieri avrebbero dovuto ricorrere a getti di sabbia per spegnere l'incendio, e la sabbia avrebbe impoverito il terreno, già meno fertile da anni di monocolture.

Indra si era liberato della sacca che portava a tracolla e ne stava estraendo una vespa rosa intenso. Manovrando il dispositivo di controllo a distanza la fece alzare in volo per raggiungere le compagne. Ronzarono tutte insieme, facendo un girotondo sopra l'incendio.

"Formiamo la nuvola!" ordinò Gunhild.

Il cuore di Gazania accelerò i battiti, come il giorno del primo tentativo di pioggia.

Le vespe avevano iniziato a tessere la rete di fili di vapore; entravano e uscivano dalla nube oscura come piccoli aghi colorati e agguerriti. Una fortuna che il vento spirasse da sud, un debole e fresco scifr, che pareva collaborare alla rotazione e all'addensamento del lenzuolo umido. A un tratto un lampo elettrico attraversò in orizzontale la tela grigia e il petto di Gazania fece un balzo.

Un tuono seguì il fulmine mentre il vento portava un odore nuovo: il profumo della terra bagnata. Le nuvole si allargavano, si moltiplicavano frammentandosi; il vascello iniziale diventò una flotta che oscurava il Sole, tuoni e lampi si alternavano in una danza esplosiva. L'acqua iniziò a cadere a scrosci; frustate liquide si abbattevano sulle fiamme, ricacciandole sottoterra. Le gocce, spinte dal vento, arrivarono a toccare il volto di Gazania e lei protese la lingua per risucchiarle, come a volersi impadronire della loro magia.

1.

"Ecco il piatto forte," annunciò Jodis. Insieme a Xilo portavano come un vassoio una lunga corteccia di sughero grezzo, girata dalla parte concava. La posarono al centro del tavolo e tutti i commensali allungarono il collo.

"Maialetto arrosto su rami di mirto," disse Xilo in tono trionfale.

Gunhild, Elear, Indra e Teshub applaudirono. Gazania si era alzata in piedi per osservare meglio la forma a quattro zampe, coricata sulle frasche di mirto; il muso allungato, le orecchie piccole, la cotenna bruna e lucida dall'aspetto croccante. Rabbrividì inorridita e tornò a sedersi. Addentò un ravanello per non gridare.

Xilo tagliò l'animale con un trincetto da potatura, Jodis e Amegilla distribuirono i piatti. Gazania rifiutò il suo con un gesto, Metis, seduta accanto a lei, si gettò sulla cotenna facendola scricchiolare sotto i denti.

"Buona," commentò a bocca piena.

"Dove hanno trovato un maialetto vivo?" le chiese Gazania.

Metis fece una smorfia divertita e le bisbigliò in un orecchio: "È carne sintetica."

Gazania osservò la carne bianca e tenera nel piatto dell'amica: sembrava proprio un animale cotto per intero.

"Amegilla ha comprato alcuni fermentati batterici nell'Hyperabitat e Xilo li ha lavorati per dargli la forma. La cotenna è un tocco da maestro, ci ha aggiunto burro di karité."

Gli ospiti masticavano entusiasti ma la Nonna, poco più in là, aveva respinto il vassoio di sughero e succhiava le zampe di una migale arrostita. Nessuno sapeva se uccidesse da sé gli animali che mangiava o se li comprasse al mercato clandestino delle gastronomie crudeli.

"Gli stranieri non hanno mai mangiato il vero maialetto," continuò Metis. "Non conoscono il sapore originale. D'altra parte, neanche noi lo conosciamo e l'aroma del mirto rende buona qualunque cosa."

Rallegrata, Gazania si versò altro vino e accettò un pezzo di cotenna. Quando arrivarono in tavola i dolci di mandorle i commensali si alzarono e il pranzo formale diventò una festa in cui si chiacchierava liberamente.

Indra si accostò a lei col bicchierino di moscato in mano. "Elear ha parlato della tua crema ai Belu. Sono disposti a finanziarti la produzione dell'AmicaSole."

"Oh che bella occasione!" rispose Metis, sorridendogli con una dolcezza che non le era abituale.

"Indra, non ti rendi conto della pericolosità della formula," replicò Gazania. "Andrebbe modificata in modo da preservare gli effetti positivi ed eliminare il fattore radice."

"Ti metterebbero a disposizione un laboratorio chimico ben attrezzato. Neria è molto competente, si occupa lei di supervisionare la preparazione delle sostanze che vendono."

"E in cambio cosa vogliono?" Metis aveva ritrovato il suo tono brusco e sospettoso.

"Suppongo si prenderebbero una parte del ricavato dalla commercializzazione."

"Commercializzare è una brutta parola." In quel momento Gazania si sentiva più vicina che mai ad Asfodelo e alle sue idee.

"Se avessimo voluto entrare nel commercio non avremmo aperto una serra sociale," aggiunse Metis.

"Mi è sembrato di capire, da alcuni discorsi dei vostri colleghi, che la cooperativa naviga in brutte acque finanziarie."

"E con ciò?" ribatté Metis.

Per Gazania la tentazione era fortissima. Con un vero laboratorio avrebbe potuto scoprire quale ingrediente aveva generato "l'effetto radicante" e magari trovare un sostituto. In quel caso la crema sarebbe potuta diventare un mezzo di resistenza al calore e lei stessa l'avrebbe diffusa tra i cittadini.

"Pensa che colpo per l'Organizzazione Mondiale del Clima," riprese Indra. "Sarebbero costretti a prenderla in considerazione come alternativa agli spostamenti delle popolazioni!"

"Traslocatori del cazzo!" esclamò Metis.

"A loro conviene che voi andiate a Nord. So che la Confederazione Boreale sta costruendo intere città minerarie oltre il settantesimo parallelo."

"Minerarie?"

"Acqua fossile. Vogliono seminare le terre artiche e gli servono lavoratori giovani."

Gazania scosse la testa.

"Hai paura?"

"Certo che ho paura. Non voglio mica vedere Amaryllis ed Hesperia mutati in cespugli, a vegetare per il resto dei loro giorni. La nostra intelligenza è diversa da quella delle piante." Ricordava con un brivido l'esperienza del giorno prima, la frammentazione di sé sperimentata durante quel breve viaggio nel sottosuolo. "L'intelligenza umana si è formata esplorando l'ambiente. Ci siamo chiesti cosa c'era oltre l'orizzonte e siamo andati a vedere di persona."

Indra vuotò il bicchiere in un solo sorso.

"Bell'esempio. Mi ricorda una cosa che mi era capitata quando avevo sei anni."

"Sei scappato dal Nido," disse Metis.

"Come fai a saperlo?"

"Tutti ci provano. Anche io ho tentato di fuggire dalla Repubblica. Il mio Nido si chiamava La Repubblica e i Curatori erano seguaci del Platonismo di stretta osservanza."

"Be', dalle mie parti non ci sono i Nidi. Si vive in fattorie familiari in mezzo ai boschi. Io mi chiedevo cosa ci fosse oltre il bosco e un giorno ho deciso di andare a vedere. Mio fratello era appena nato, perciò ho pensato che i miei genitori non avrebbero sentito la mia mancanza, ora che avevano un sostituto."

"Un pensiero da famiglia ristretta," commentò Metis.

"Lo fai andare avanti?" si irritò Gazania.

"Dunque, ho preso lo zaino, la borraccia dell'acqua, qualche provvista e mi sono inoltrato fra gli alberi. Il bosco diventava sempre più fitto e le felci sempre più alte. Le felci sono piante che crescono nelle zone umide."

"Pteridofite," disse Gazania. "Le ho studiate. Esistono dalla preistoria."

"Camminavo fantasticando dei bellissimi incontri che avrei fatto, quando sono arrivato a un muro. Non sapevo che la proprietà fosse recintata."

"Fine della fuga," concluse Metis.

"Non è stato così semplice. Mi sono seduto a gambe incrociate davanti al muro, a riflettere. Ho mangiato una barretta energetica, bevuto dalla borraccia, senza smettere di fissare il muro. Quando il Sole ha iniziato a scendere ho preso una decisione, ho raccolto le mie cose e sono tornato a casa."

"Cos'altro potevi fare?"

"Potevo oltrepassarlo."

"Un muro!"

"Era alto circa novanta centimetri. Sì, proprio così. Era un vecchio muretto di mattoni sbreccati. Avrei potuto scalarlo in due salti, ero capace di arrampicarmi sugli alberi. Ma non l'ho fatto. Ho avuto paura."

Metis e Gazania restarono in silenzio mentre lui sgranocchiava il dolce di mandorle.

"Ma ora giri il mondo in lungo e in largo," disse Metis.

"Già. Sono diventato senza radici."

2.

Amegilla gironzolava per casa strascicando i piedi. Si era addormentata poco dopo l'alba, sfinita, ma con l'inizio delle ore zenit si svegliava, ormai capitava da diversi giorni, in un bagno di sudore. Il Sole stava arroventando il palazzo, e le pareti, le bellissime pareti isolate da pannelli di canapa, rilasciavano il calore scaldandosi ben oltre i ventitré gradi certificati.

La corrente d'aria, che nei primi tempi aveva attraversato la casa, filtrata dalle feritoie, e che faceva frusciare piacevolmente le girandole costruite dai bambini appese al soffitto, si era mutata in un refolo appena percepibile. Ristagnava, accrescendo gli odori corporei e il sentore erbaceo della canapa.

I balconi, progettati per opporre uno schieramento vegetale alla luce diretta del Sole, si dimostravano inetti. I cespugli erano cresciuti rachitici. Amegilla sospettava che, durante la messa a dimora, gli operai del Comune avessero strozzato le radici nella morsa di mattoni e calce delle fioriere, compromettendone lo sviluppo.

I mobili di famiglia avevano risentito subito del cambiamento interno: si stavano dissecando. Le credenze, i cassettoni, i letti, il grande tavolo del soggiorno, scricchiolavano e scoppiettavano, asciugandosi. Dove ci hai portato? la rimproveravano. Le nostre vernici si screpolano, i nostri intarsi si deformano, la nostra bellezza rimpicciolisce.

Jerru, suo marito, sedeva al tavolo grande; diversi registri elettronici proiettati in aria gli volteggiavano intorno. Aveva la fronte sudata e aggrottata, ogni tanto sbuffava, cancellava il numero ottenuto con la calcolatrice e ricominciava daccapo.

"Quest'anno chiuderemo in perdita," borbottava. "Xilo non ha tenuto conto dei costi di mantenimento dei quattro stranieri. La loro permanenza ci sta succhiando quel poco di utile che avevamo raggiunto. Non so neppure come inserirli nel bilancio. Innovazione tecnologica? Consulenza esterna? Buco nell'acqua?"

Riusciva a scherzarci sopra, ma lei, al sentire la parola acqua, pensava agli insuccessi di Tambussaria. Dopo il temporale che aveva salvato la maggior parte del grano, avevano provato a far piovere in diversi luoghi, tutt'intorno alla serra, e ogni volta l'impeto della brezza aveva disperso nuvole e speranze.

Il deposito sotterraneo della serra non si era accresciuto di un litro; la qualità dell'acqua stava decadendo, le particelle di carbonato di calcio e magnesio della roccia sedimentaria si accumulavano. Amegilla si occupava proprio dei supporti idroponici e sapeva che, con l'aumento delle temperature, si sarebbero prodotti degli agglomerati di calcio e magnesio, che a loro volta avrebbero potuto otturare le sottili valvole dei canali di coltura. Per contrastarli stava immettendo nella rete della serra piccolissime dosi di acido citrico, augurandosi che le piante si adattassero alla lieve modifica dell'acidità.

Ma il cruccio principale restava l'appartamento.

Parlando con i vicini, aveva scoperto che anche gli altri inquilini del palazzo pativano il caldo e volevano presentare una petizione di protesta al Comune.

"Macché protesta," aveva reagito Jerru. "I filtri dell'aerazione sono intasati dalle particelle di kefer. Se aspettiamo il Comune siamo cotti! Mio fratello ha un compressore ad aria, una di queste notti me lo faccio prestare."

Ma il cognato di Amegilla era spesso fuori città per lavoro e l'appartamento continuò a scaldarsi, giorno dopo giorno.

Una mattina fu svegliata, poco dopo le dieci, da un trambusto che proveniva dalla strada. Si alzò e sbirciò tra i rami mezzo secchi dei rosmarini integrati nel balcone.

Due furgoni per trasporti pesanti sostavano accanto al portone del palazzo e diversi individui in tuta azzurra andavano e venivano portando scatoloni sigillati e mobili ricoperti di materiale paraurti. Sulle loro schiene brillava l'ingrandimento di un fiocco di neve, il simbolo dell'Organizzazione Mondiale del Clima.

Quegli uomini e quelle donne erano i Fiocchi di Neve, l'esercito che combatteva contro le variazioni climatiche e l'avanzata del deserto. Tuttavia, da molto tempo l'Organizzazione Mondiale del Clima aveva abdicato alla sua funzione difensiva e preventiva, trasformandosi in un'agenzia di traslochi. Bastava presentare una richiesta di trasferimento della residenza attraverso l'Hiperabitat e l'OMC si presentava, sotto forma di Fiocchi di Neve, per favorire lo spostamento delle persone verso le zone climatiche temperate del globo terrestre.

Due famiglie residenti nel palazzo si stavano trasferendo a Nord e lo facevano in pieno giorno, quando tutti dormivano, per evitare le occhiate malevole e le contestazioni nei confronti dell'Organizzazione. Uno dei due gruppi familiari era quello che le aveva proposto di partecipare alla protesta contro l'inefficienza delle nuove abitazioni comunali.

Amegilla si sentì prendere dallo sconforto.

Il suo sogno stava lentamente naufragando, la barca-casa perdeva pezzi e lei non riusciva a controllare il timone, andava alla deriva. No, no, bisognava stringere i denti e resistere. Sua nonna aveva salvato i mobili, sua madre li aveva custoditi, lei racimolava il coraggio e proseguiva. La casa non doveva affondare.

3.

Le fragole stavano maturando. Tanti piccoli cuori rosa pallido pendevano timidi tra le foglie tonde delle piantine. Inginocchiata sul terreno, Gazania le nutriva inoculando l'acqua con una siringa senza ago e, nell'appoggiare la mano libera al suolo, percepì lo sfrigolio di piacere dei piccoli vegetali. Le ricordava il sollievo provato quando, dopo un'intensa notte di lavoro, poteva sedersi al tavolo centrale della serra per bere il tè verde appena fatto, fragrante di erba tagliata e fiori di gelsomino.

Al di sotto dell'emozione collettiva scorreva un flusso solenne e maestoso. Per un attimo Gazania ebbe la visione di un fiume dalle sponde distanti un centinaio di metri tra loro, una massa d'acqua profonda, cristallina in superficie, oscura nel fondale melmoso. Sembrava immobile e invece la corrente faceva scorrere il liquido con la placidità della camminata di un elefante. Aster!

Le radici di Aster vivevano là sotto. Si muovevano nel modo incessante e paziente dei vegetali, aggiungendo una molecola alla volta nelle estremità dei filamenti radicali e in questo modo spingevano il sottosuolo, riluttante, a farsi da parte, a lasciarle passare.

Gazania chiuse gli occhi. Aster cercava di dirle qualcosa, nel suo linguaggio materiale, fatto di azioni e non di parole. Gazania si lasciò catturare dalle sensazioni, premendo più a fondo entrambe le mani nella terra, ed ebbe in risposta una curiosa pulsazione ritmata che pareva battere in ogni cellula del suo corpo. La stava spingendo con dolcezza a replicare quell'andamento di vita, quel ritmo lento ma persistente? La stava sollecitando a diventare un vegetale?

Sollevò di scatto entrambe le mani e si guardò i palmi, sporchi di terra umida. Nessuna radice, nessuna protuberanza. Si sedette a gambe incrociate, col cuore che le batteva forte.

Qualcuno, alle sue spalle, gettò sul terreno una spilla d'oro a forma di fiore.

"La riconosci?" Metis aveva una voce più furiosa del solito. Gazania prese in mano il gioiello: era sudicio di polvere nera.

"Sembra uno dei gioielli della Nonna."

"Indovina un po' dove l'ho trovato?"

Polvere nera. Cenere. Materia vegetale bruciata.

"Nelle terrazze di Lavga," rispose Gazania.

"Come fai a saperlo?"

"La Nonna farebbe qualunque cosa per spingere il Grande Esodo."

"Dare fuoco al grano? Abbiamo già l'acqua razionata, adesso probabilmente anche il pane. Carogna centenaria! Eppure anche lei mangia!"

"Manovre inutili. Il piano di Xilo è un fallimento, Tambussaria è un fallimento."

"Io non me ne voglio andare," replicò Metis. "Piuttosto divento un albero! Dov'è la tua crema? Me la spalmo fin sotto le ascelle, la mangio, se è necessario, ma da qui non mi muovo!"

Gazania chinò la testa. "Sei disposta a diventare una pianta? Non potrai più camminare per la città, nuotare nel mare, saltare dalla gioia…"

"Non lo sappiamo. Potremmo diventare degli esseri umani più lenti e forse ci farebbe bene. A volte agiamo con troppa precipitazione, senza riflettere sulle conseguenze delle nostre azioni."

"Ti ho detto di Parsa."

"E come mai Aramu non è fermo nel terreno come lei? Secondo me la crema potrebbe avere un effetto diverso a seconda della persona che la usa. E poi si potrebbe pensare a un uso stagionale."

"Stagionale?"

"La mettiamo soltanto durante la stagione secca, così riduciamo il fabbisogno di acqua e cibo, e dopo le piogge riprendiamo la vita normale."

"Non ci avevo pensato."

Gazania si alzò e si diresse al bancone-laboratorio. Aveva da parte ancora diversi flaconi, avrebbe potuto iniziare una sperimentazione controllata per valutare gli effetti della formula su una varietà di fenotipi. Spalancò gli sportelli inferiori e tirò fuori soltanto tre flaconi di crema.

"Sono stata derubata!"

"Non è possibile," reagì Metis. "Nella serra non ci sono ladri."

Tutti sapevano che il bancone accanto ad Aster era il laboratorio di Gazania, e sapevano anche che non disponeva di serrature. Chi aveva interesse a far sparire la scorta di crema solare?

Furibonda, Gazania si avviò a grandi passi verso la piazza centrale della serra, stringendo in una mano la spilla d'oro. Metis la seguì. Trovarono la Nonna seduta al tavolo, intenta a fare calcoli usando carta e matita. Le gettò la spilla davanti con rabbia; l'altra raccolse il gioiello senza scomporsi, lo strofinò con la manica dell'abito e se lo appuntò sul petto, accanto agli altri.

"So cosa stai facendo," attaccò Gazania. "Lo sappiamo tutti. Sei un parassita che si annida nella nostra comunità e provi a distruggerci dall'interno."

"Stai commettendo un errore di classificazione. Io sono una saprofita, mi nutro del vostro materiale di scarto. Voi siete morti, mia cara, tutti morti. Vi ostinate a credere di essere vivi perché sbattete le ali a destra e a manca, patetiche falene. Il Sole vi sta uccidendo. Il deserto vi sta uccidendo. Ma avete perso l'istinto alla fuga, restate fermi a morire. Generazione di inermi."

"Non tutto quello che è fermo è morto." Batté il pugno sul piano del tavolo ligneo. "Questo è morto? E gli alberi di agrumi, laggiù in fondo, sono morti? Posso sentire la loro speranza verde arrivare fino a qui, mentre da te arriva un odore di acqua stagnante fetida e marcia!"

La Nonna fece finta di annusarsi. "Non faccio la doccia da un po'."

"Senti, fungo velenoso, ora chiamo tutta la cooperativa a raccolta e ti denuncio, come piromane e come ladra, e ti garantisco che stavolta la patente di centenaria non ti salverà."

"Ladra? Io distruggo, non rubo."

La vecchia si alzò in piedi, dignitosa e sprezzante. Teneva la schiena tanto dritta da essere più alta di Gazania.

Metis disse qualcosa a proposito della scomparsa della crema solare ma la piazza si riempì di compagni vocianti. Xilo, Jodis, Amegilla, Opilio e gli altri. Si erano rovesciati intorno al tavolo e parlavano tutti insieme, concitati. *Dove possono essere? Abbiamo cercato nel parco? Alle piste di pattinaggio?*

"Li avete visti?" chiese Jodis rivolto a Metis e Gazania.

"Chi?"

"Amaryllis, Hesperia, Masarina, Naman e Naja. Le amache dei bambini sono vuote."

Metis e Gazania si scambiarono un'occhiata, il gesto non sfuggì a Jodis.

"Sapete qualcosa. Parlate!"

"Gazania! Sai dove si sono nascosti?" Amegilla la investì con una carica di apprensione e di rabbia tenuta a freno con difficoltà. Sapeva che sua figlia gironzolava intorno alle attività di Gazania e più volte la bambina aveva dichiarato di volersi occupare di chimica.

Il gruppo si era zittito, aspettavano tutti una risposta.

"Ecco chi ha fatto sparire l'AmicaSole," disse la Nonna. "I ladruncoli si sono attrezzati per andare nel deserto."

"Che cosa vuoi dire?"

"Perché i bambini dovrebbero andare nel deserto?"

"Perché è l'ultimo posto dove andremmo a cercarli," concluse Metis.

"Se ne sentono di cotte e di crude sulla tua crema," disse Amegilla, rivolta a Gazania. "Se sulla pelle di Hesperia spunta una sola foglia ti consiglio di nasconderti, perché potrei farti molto male."

"Io spero che i bambini abbiano preso la crema e l'abbiano usata," replicò Gazania. "Stanno per iniziare le ore zenit e l'AmicaSole è la loro unica possibilità di salvezza."

Iniziarono a discutere su come rintracciare i fuggiaschi. Qualcuno propose di mandare in ricognizione i droni, Opilio ricordò al gruppo che i droni si erano guastati diversi anni prima e non avevano mai avuto i soldi per ripararli.

Due trasportatori, finito il giro di consegne, erano tornati alla serra; le loro bici carrozzelle si trovavano all'esterno: si offrirono di uscire subito.

"Dovremmo uscire tutti," osservò Metis. "Ognuno con un mezzo di trasporto. E sparpagliarci, tenendoci in contatto con il chip, finché non troviamo una traccia o qualcuno che li ha visti."

Tutti stavano per muoversi a recuperare biciclette, pattini elettrici, sci da sabbia; qualcuno propose di chiedere agli agricoltori autonomi del vallo i loro piccoli trattori.

"Aspettate, bisogna riflettere," disse Opilio. "Fuori il Sole è a picco."

I compagni ammutolirono.

"E con questo?" ribatté brusca Amegilla. "Tu non hai figli là fuori. Restatene qui al fresco."

Opilio arrossì. "Volevo solo dire che sarebbe meglio evitare altre vittime."

"Vittime? Non ci sono vittime e non ce ne saranno!" Xilo aveva un tono di voce stridulo quando era angosciato.

"La mia crema solare ci proteggerà," gridò Gazania. "Ne è rimasta a sufficienza. Potremmo fare a meno anche dell'acqua."

Ottenne molte occhiate perplesse, alcune diffidenti e un solo sguardo pieno di fiducia. Jodis fece due passi avanti, come il volontario per una missione pericolosa.

"Non penserete davvero di diventare tutti fichi d'india per un po' di crema?" li prese in giro Metis. "Forse Xilo somiglierà a un alloro e Opilio a una margherita, ma basterà una doccia di vapore per espellere tutte le cellule vegetali che insidiano la vostra umanità."

I compagni parvero ammorbidirsi, qualcuno rise.

Dopo una breve discussione la proposta fu accettata e mentre andava a recuperare i flaconi rimasti, Gazania, col cuore che le batteva forte per la preoccupazione, non poté fare a meno di pensare a quello che si stava per verificare. Un esperimento collettivo. Col pretesto di salvare i bambini, tutti i suoi compagni avrebbero utilizzato la AmicaSole durante le ore zenit, in pieno deserto.

1.

Nelle vallette, negli anfratti del terreno brillava una peluria verde chiaro e una miriade di piccoli fiori dal gambo succulento tappezzava le rocce ed esplodeva in lampi di giallo e di viola. La natura trovava sempre il modo di verdeggiare, anche sotto il Sole implacabile delle ore zenit.

Aramu guidava il trattore muovendosi secondo una linea serpentina che gli consentiva di seguire l'andamento del terreno. Gazania osservò che si era messo i sandali ma i riccioli candidi delle radici sporgevano da sotto le piante dei piedi, come un feltro di cotone.

"Ti fa male premere i pedali?"

"No."

L'ipotesi di Metis era corretta, la crema non sviluppava le stesse reazioni in tutti. Un buon segno, dal punto di vista delle persone che la usavano, e un pessimo segno per la verifica sperimentale. L'incostanza dei risultati collocava la sua formula nell'ambito del rimedio empirico, non scientifico.

Prima di partire i compagni si erano coperti la testa con il turbante totale, chiudendo anche naso e bocca, un manipolo di creature aliene dalla sommità celeste stinto, i corpi antropomorfi di varie sfumature di verde. Gazania e Aramu, invece, ricevevano i raggi solari sul cranio senza patire alcun fastidio. Anzi, Gazania aveva la sensazione di assorbire la luce e l'apprensione per la sorte dei bambini cresceva insieme alla carica energetica.

Lei però aveva indossato gli occhiali da sole a fascia, mentre Aramu guardava la piana a occhio nudo.

"Se ti dà fastidio il riverbero, ho un altro paio di occhiali," gli disse.

Lui volse la testa divertito, ammiccando con le pupille gialle da felino.

"La luce è diventata buona," rispose. "Prima sembrava che ci prendesse a martellate, me e Parsa. Adesso ci benedice."

Sì, era vero. C'era una qualità differente nella radiazione solare, meno aggressiva.

Gazania tornò a concentrarsi sulla pianura davanti a loro. Sembrava incredibile che soltanto trent'anni prima quella distesa di terra brulla e sassi fosse stata una pianura fertile, coltivata a grano. Eppure, sotto il velo del calore, percepiva un flusso di umidità in movimento, centinaia di serpentelli ciechi strisciavano sottoterra smuovendo il suolo, una particella alla volta, nella danza della circumnutazione. Ogni radice, dalla più sottile alla più spessa, si faceva largo nella terra aggiungendo pochi millimetri di cellule alla sua punta; un'azione instancabile, determinata a raggiungere le zone più fresche e le sacche di acqua rimasta intrappolata dalle ultime piogge, dieci mesi prima. Desiderò fermarsi, scendere dal trattore e unirsi a loro nella ricerca. Sorelle del deserto, coraggiose esploratrici.

La passione umana per il movimento in linea retta le parve sciocca, fin troppo elementare. Solo un pensiero ristretto poteva aver fiducia nel dritto, la vita andava curva, sinuosa, piena di svolte.

Le ondate di calore deformavano il paesaggio e da lontano le sembrava di scorgere alcune figure umane sotto l'ombra delle acacie, ma quando ci passavano accanto le cornacchie svolazzavano via e niente più si muoveva sotto gli alberi.

"Secondo me sono alle tombe di Montir."

La voce di Jodis gracchiò fuori dal microchip di Gazania rompendo il fruscio del canale aperto.

Gazania intravedeva una silhouette scura duecento metri davanti a loro, e un'altra di lato; Jodis e Xilo sfrecciavano sugli sci da sabbia spingendosi con i bastoncini in perfetta coordinazione.

"Come fai a esserne sicuro?" Xilo obiettava sempre, per principio.

"Sono troppo lontane!" La voce di Amegilla strideva come il verso di un falco. Insieme a Jerru correvano sulle biciclette elettriche della serra. Di sicuro non poteva credere che i bambini arrivassero sani e salvi a Montir.

"Potrebbe aver ragione," disse Gazania. "Hesperia e Amaryllis hanno sempre adorato la casa di Asfodelo, in una tomba del parco. Anche a loro sarebbe piaciuto poterci vivere."

"Andiamo alle tombe di Montir," disse Xilo.

Un comando inutile, si stavano già muovendo in quella direzione.

2.

La roccia del Gigante, un monolite vulcanico che ricordava un essere umano in piedi, con un braccio levato al cielo, annunciò la vicinanza della collina di Montir, traforata a metà costa dalle cavità di alcune tombe preistoriche. Gazania allungò il collo verso cinque ombre davanti a loro. Stavolta non si sbagliava, erano i bambini.

Non appena li sentirono arrivare, i piccoli fuggiaschi si misero a correre ma non pensarono di dividersi per mettere in difficoltà gli inseguitori, rimasero vicini e accelerarono. Raggiunsero le pendici della collina e provarono, tra inciampi e scivolate, ad arrampicarsi verso le cavità oscure che si aprivano lungo il fianco.

Gazania balzò giù dal trattore e acciuffò Amaryllis per la maglietta.

"No! No! Non ci voglio andare!" gridò il bambino divincolandosi. Tutto verde brillante, col ciuffo di capelli color albicocca, pareva un virgulto di legume appena uscito dal seme.

"Stai fermo! Basta! Cosa pensavate di fare? Che cosa avreste mangiato nel deserto?"

Amaryllis si placò e restò a testa china davanti a lei. Anche gli altri bambini erano stati raggiunti e presi.

Amegilla abbracciava Hesperia, che tentava di sottrarsi al soffocamento materno mentre Jerru rimproverava la figlia gesticolando; il padre di Masarina, un trasportatore, agitava l'indice sotto il naso della ragazzina con fare minaccioso, i genitori di Naman e Naja, due affiliati, sfogavano la tensione urlandogli contro. Tutti volevano capire il motivo della fuga.

"Avevamo scorte per dieci notti," disse Amaryllis. "Poi loro sarebbero partiti e noi saremmo tornati alla serra."

"Loro chi? Partiti per dove?"

Amaryllis sollevò lo sguardo, Gazania ne seguì la direzione e vide Xilo e Jodis, impolverati ma senza una stilla di sudore, coi bastoncini sottobraccio e gli sci ancora ai piedi.

"Io a Nord non ci vado," disse Amaryllis.

3.

"Quando pensavate di dirmelo? E di farlo sapere anche agli altri? Avete deciso di chiudere la cooperativa senza dire niente a nessuno, come se fosse una cosa solo vostra."

Gazania squadrava Xilo e Jodis, ma soprattutto Xilo. Il vento aveva reso più tersa l'aria calda e la luce li delineava con una nettezza sorprendente: due figure ritagliate da un cartoncino verde e applicate sull'azzurro estremo del cielo.

Metis, Amegilla, Jerru, tutti gli altri si erano accostati a Gazania, avevano ascoltato i motivi della fuga dei bambini e anche loro attendevano una spiegazione da parte dei compagni.

"Stavamo per convocare una riunione." Jodis non reggeva la tensione, doveva parlare. "Ne avremmo discusso tutti insieme, come sempre. Non avevamo alcuna intenzione di scappare."

"Amaryllis ha letto il messaggio di risposta di una società agricola del Nord. Avete già trovato lavoro. Vi chiedeva di presentarvi entro la fine del mese, quindi fra dieci giorni esatti." Gazania si sentiva il cuore come un minerale nascosto in una grotta gelida. "Dovreste partire oggi, per arrivare in tempo."

"Ah be' sono certa che avremmo fatto una riunione a distanza," intervenne Metis. "Voi collegati dal treno che vi portava a Nord e noi, gli sfigati senza futuro, al tavolo grande della serra. Immagino sarebbe stato tutto molto triste e straziante."

Per diversi secondi si udì soltanto il fischio del vento sulle pietre della collina, dentro e fuori dalle cavità delle tombe.

"Volevamo dare un'opportunità ad Amaryllis," disse Jodis.

"Certo, solo Amaryllis merita un'opportunità," commentò Amegilla.

Jodis aprì la bocca per replicare ma Xilo lo zittì dandogli una gomitata nelle costole.

"Dovremmo andarcene tutti," attaccò Xilo. "Dovremmo chiudere il contratto con il Comune, dividerci i semi e cercare un altro lavoro. Tambussaria era la nostra ultima speranza. Purtroppo la particolarità del nostro clima ha vinto. Neppure con i loro metodi riusciamo ad assicurarci una quantità di acqua sufficiente per superare questa stagione. Le persone ragionevoli riconoscono quando hanno perso, e noi abbiamo perso."

L'appello alla ragionevolezza, che aveva funzionato così bene quando si era trattato di convocare gli esperti della pioggia, evaporò rapidamente nell'aria asciutta del deserto.

Il deserto faceva piazza pulita delle sfumature, della logica e del buonsenso. Restarono la rabbia e la delusione per il tradimento di Xilo e Jodis, insieme a un curioso sentimento di fiducia.

Si trovavano nel luogo più temuto dalla loro fantasia fin dall'infanzia, nelle ore del Sole a picco, e respiravano con serenità, il corpo piacevolmente caldo, la testa libera dai doveri della serra. L'incubo si era concretizzato e si rivelava uno spauracchio da nulla.

"Io resterò qui," disse Metis. "Userò la crema di Gazania," aggiunse mostrando loro le braccia muscolose dalle sfumature verde azzurro. "Ho letto nell'Hiperabitat che fa assimilare energia dal terreno, allora per me va bene. Coltiverò poco perché avrò meno bisogno di mangiare e quindi mi servirà meno acqua."

"Sarebbe bello," la fermò Opilio. "Ma ho anche sentito dire che si diventa... che il corpo cambia."

"Ti sarà arrivata la notizia che l'umanità non è mai stata come appare oggi. Evoluzione, forse avrai sentito questa parola."

Erano in piedi, in cerchio; potevano vedersi l'un l'altro e si sentivano appena creati, il primo gruppo umano apparso nel deserto che non si faceva soffocare dall'ambiente ma anzi ne attingeva forza.

"Cambiare è un attimo, a paragone delle ere geologiche. Chi si ricorda come eravamo vent'anni fa? Pulcini nel Nido. Nessuno di noi pensava che avrebbe fatto parte di una cooperativa agricola e avrebbe dato da mangiare ai concittadini. Rimpiangiamo forse quel tempo? Vorremmo tornare bambini? C'è stato un tempo in cui eravamo pesci e vivevamo nell'acqua. Poi un pesce si è fatto una passeggiata sulla spiaggia e ha deciso che non era niente male."

"Si è spostato," disse Xilo. "Metis, stai confermando la mia analisi: la situazione richiede un cambiamento di luogo. Bisogna muoversi e andare a Nord."

"Io voto no!" gridò Hesperia.

"Non stiamo votando," le disse suo padre, posandole una mano su una spalla.

"Facciamolo," disse Gazania.

Il tempo era maturo per una decisione definitiva. Lei stessa ne aveva appena presa una. Avrebbe accettato la proposta dei Belu e prodotto la AmicaSole. Avrebbe cambiato la sua sorte, quella di Amaryllis e di molti altri. Era pronta ad assumersene la responsabilità.

1.

"È molto cambiato."

Jodis era stato gentile ad accompagnarla alla biblioteca. Quando erano entrati nel parco lui aveva manifestato il desiderio di andare a salutare Asfodelo e lei voleva prepararlo al piccolo shock che avrebbe ricevuto nel vedere il fratello di Nido dopo tanto tempo.

"È sempre stato un originale," replicò Jodis. "Ti ricordi le lezioni di riciclo vegetale?"

"Aveva costruito una maschera con le foglie secche dei ficus."

"Detto così sembra normale, ma lui non ci aveva fatto i fori per gli occhi e la bocca! E quando la Curatrice glielo aveva fatto notare lui aveva risposto: le piante non hanno occhi."

Erano arrivati alla fine del sentiero che conduceva all'area archeologica del parco. Una piccola folla di ragazzi e ragazze sostava davanti all'ingresso di una tomba.

Asfodelo stava in piedi su un rialzo del terreno, le braccia larghe a formare un semicerchio come se volesse simbolicamente abbracciarli tutti, la fronte rivolta al Sole, le palpebre chiuse. Il suo corpo irradiava una luce verde dorata.

"Be' ha raggiunto l'obiettivo," mormorò Jodis.

Asfodelo portava un panno lacero e cascante annodato sui fianchi, gli altri indossavano canottiere e pantaloncini e la pelle di ognuno riluceva di varie sfumature di verde.

Gli accoliti erano fermi in pose diverse, chi con le braccia lungo i fianchi e il capo rovesciato su una spalla, chi si contorceva nell'imitazione di un tronco cresciuto di sbieco, le braccia al cielo e le dita larghe come rametti senza foglie. Il respiro profondo che si udiva nell'aria proveniva da quelle narici ed era l'unica garanzia contro il dubbio di trovarsi davanti a una serie di statue. Li dovevano aver sentiti arrivare, però, perché una ragazza aprì un occhio e li sbirciò rapidamente. Anche qualcun altro li studiò attraverso le palpebre semichiuse per poi tornare nella concentrazione immobile dei vegetali.

"Gazania, Bocca di Leone…"

Asfodelo aveva abbassato le braccia, si era voltato verso di loro e faceva ondeggiare il collo in modo lentissimo, come a voler riprendere padronanza dei muscoli. La sua voce era un sussurro.

"La nuova versione della AmicaSole non è gran che," proseguì. "Alcuni non riescono a connettersi col suolo, non dà la scossa come i primi campioni che mi avevi dato." E nel parlare pesticciò i piedi nudi sulla montagnola di terra in cui si trovava.

"Ho modificato leggermente la formula, per migliorarla."

"Io mi ci trovo molto bene," aggiunse Jodis, come a voler prevenire altre critiche. "Stiamo provando nuove coltivazioni in asciutto, abbiamo seminato fonio e amaranto all'aperto, nel vallo tra Campo della Pace e Campo della Guerra, perciò ci esponiamo al Sole molto spesso, ma la AmicaSole ci protegge e ci mantiene in forze, anche sotto il caldo più cocente."

"Mi hanno detto che non hai condiviso la formula nell'Hiperabitat," riprese Asfodelo, fissando Gazania. "La tieni segreta per venderla a un'industria?"

"La considero ancora a uno stadio sperimentale, non voglio alimentare speranze senza avere la certezza che sia adatta a ogni tipo di pelle, a qualunque latitudine."

Stava dicendo che la città costituiva il suo esperimento e i cittadini le sue cavie, ma preferiva pensassero a lei come a una scienziata cinica piuttosto che rivelare di non essere riuscita a capire quale fosse l'ingrediente misterioso della crema.

Nonostante il laboratorio attrezzato che le avevano messo a disposizione i Belu, alcune molecole erano rimaste inspiegate. Il frazionamento aveva evidenziato uno strano gruppo covalente, che faceva da ponte tra i composti organici e quelli inorganici della formula. Il cromatografo aveva identificato alcuni atomi di solfuro di ferro di dubbia provenienza. Nessuna delle sostanze da lei usate possedeva la molecola zolfo-ferro ed era impossibile che si fosse creata dal nulla, in seguito al rimescolamento degli altri atomi.

"La struttura chimica possiede alcuni componenti di cui non capisco la provenienza," continuò Gazania. "Forse per questo il secondo lotto è uscito diverso dal precedente."

"Se avessi reso pubblica la formula, qualcuno nell'Hiperabitat ti avrebbe potuto aiutare a comprenderla," disse Asfodelo. "Da soli non si va lontano."

"È per questo che hai radunato un gruppo di fedeli?" rispose Jodis in tono ironico. "Non avrei mai detto che ambivi a diventare un capo."

I lineamenti del fratello di Nido si contrassero. Jodis lo salutò frettolosamente, fece cenno a Gazania di seguirlo e si allontanò.

"Da bambino Asfodelo mi sembrava puro e con un animo semplice," le borbottò mentre affrontavano la salita della collina. "Ora è diventato un convolvolo selvatico. Si arrampica sulle altre piante e le soffoca."

"E io sono rimasta Gazania?"

"Sì. Ma qualche volta hai paura di fiorire." Ci pensò per un attimo e aggiunse: "Come me, che ho accettato di diventare Jodis invece di restare Bocca di Leone. Dovrei riprendere il mio vero nome, anzi, credo proprio che lo farò. D'ora in poi chiamami Bocca di Leone."

"E Xilo?"

"Se fosse una pianta, Xilo sarebbe un mandorlo. Solitario, scuro, corrucciato, coi frutti ben protetti da un guscio duro."

Gazania rise.

"Abbiamo litigato, prima che partisse" aggiunse Jodis. "Credo fosse stanco di prendere decisioni. Andando via ha scelto la risoluzione definitiva, ha chiuso con tutti i problemi. Lo credevo più coraggioso."

"È difficile restare ed è difficile andare via. Forse anche noi siamo dei vigliacchi, abbiamo avuto paura dell'ignoto e abbiamo preferito rimanere qui."

"Io sono rimasto per Amaryllis."

Gazania restò in silenzio. E rimase in silenzio mentre ascendevano passando dal sentiero sotto i pini. *A noi non la fai, Gazania* – sussurravano le fronde – *noi sappiamo perché sei ancora qui*. E parevano ridere tutti insieme, squassati dal vento mattutino.

2.

"Nessun senso del tempo!"

Il bibliotecario li guardava attraverso lo spiraglio della porta con un occhio solo, vitreo a causa delle lenti spesse da cui non si separava mai. Gazania sapeva di essere in vergognoso ritardo per la riconsegna del libro.

"Ho portato le fragole," rispose, sollevando il suo cesto. Bocca di Leone la imitò mostrando il paniere colmo di frutti.

Il naso del bibliotecario ebbe un fremito, le narici si mossero, proprio come quelle di un animale che fiuta un odore gradevole.

Qualche minuto dopo Gazania e Bocca di Leone erano seduti in un cortile interno della biblioteca. Un soffitto a lamelle orientabili filtrava l'aria calda, il pavimento di muschio e il bambù che cresceva nelle aiuole proiettavano un'aura rinfrescante. Vero bambù! Gazania era quasi scandalizzata che in quel luogo di libri fossero riusciti a far crescere una rarità vegetale. Ma d'altra parte tutto era incredibilmente all'avanguardia dentro l'edificio. Sedevano sopra sedie vegetali vive, che spuntavano dal terreno e circondavano un tavolo vivente dal piano di legno rosso scuro, un ciliegio.

Il bibliotecario aveva posato al centro del tavolo uno dei cesti con la reverenza destinata a un oggetto sacro. Gazania aveva sfilato dalla borsa di tessuto il libro da restituire e l'aveva collocato accanto alla frutta. Il bibliotecario lo prese e cominciò a sfogliarlo; con un sibilo, il diametro delle sue lenti rimpicciolì.

"Ah, bene, nessuna sottolineatura, niente segni. La gente non si rende conto che la grafite della matita si mescola alla materia del libro e confonde le aracne, quando lo devono filare nuovamente. Le pagine escono tutte storte."

"Non mi è stato di grande aiuto, purtroppo," disse Gazania.

"Si capisce! I libri non sono qui per aiutare. Sono fili essi stessi, ciascuno li usa per tessere i propri pensieri. Mangiamo le fragole."

Era un ordine, non un invito. Allungarono tutti e tre una mano verso il cesto. Gazania e Bocca di Leone morsero il frutto a metà, facendone sprizzare il succo sulle labbra. Il bibliotecario si gettò la fragola in bocca tutta intera, compresa la coroncina di sepali. Masticò lentamente e poi allargò la bocca in un sorriso sbilenco che gli corrugava le guance.

"Mangiare una fragola prima di pensare migliora il pensiero," sentenziò.

"Sono le fragole più dolci e saporite che io abbia mai assaggiato," disse Bocca di Leone.

"Almeno ho coltivato qualcosa di buono in questi mesi," sospirò Gazania.

"Ho saputo che ci sono stati cambiamenti in città, molti cambiamenti." Il bibliotecario la fissò e le lenti si allungarono leggermente in fuori. "Come tutti quelli che giocano con la terra, sei convinta di aver fatto germogliare tu i semi, ma non è così."

Gazania si dimenò risentita. Certo che era stata lei, in entrambi i casi, per i semi di fragola e per i semi umani.

"Qualche volta i semi sono poco fertili," disse Bocca di Leone prendendo un'altra fragola dal cesto. "E noi dobbiamo aiutarli a schiudersi."

"Sciocchezze!" disse il Baballotto. "I semi germogliano quando gli garba, quando sentono che è giunto il tempo. Come fa un seme, nascosto sotto strati e strati di terra, a percepire la temperatura esterna, il calore dell'aria, il grado di insolazione e di umidità? Non lo sa, eppure lo sa."

Gazania era sorpresa dalle cognizioni del bibliotecario. Aveva sempre creduto che i Baballotti fossero dei semplici registratori di parole, capaci di ripetere un testo scritto per filo e per segno senza un errore.

"È un'arte," rispose.

"Sì, l'arte di sentire il tempo. Non parlo solo del tempo atmosferico, dico del tempo in senso ampio. I semi sentono che il loro tempo è arrivato."

"A me sembra..." iniziò Gazania.

"Altra fragola," la ammonì il bibliotecario sollevando un indice.

Gazania assaporò un secondo frutto e mentre lo masticava si sentì pervadere da una sensazione di completamento, di traguardo raggiunto dopo un lungo e faticoso lavoro. Anche la sua crema solare era "germogliata" al momento giusto, quando la siccità stava piegando la resistenza dei cittadini e la fuga pareva l'unica via d'uscita.

3.

"Sto portando da mangiare a Parsa." Aramu sollevò un cesto di nespole e susine. "Mi ha detto che da qualche giorno lo stomaco ha ripreso a muoversi e ora brontola per la fame."

Di ritorno dalla biblioteca, Gazania e Bocca di Leone erano passati dai coltivatori autonomi proprio per incontrare Aramu e chiedergli qualche consiglio sui metodi di coltura all'asciutto.

Si incamminarono lungo il margine del campo che si trovava davanti alla casa. I solchi erano stati richiusi da poco, come mostrava la terra smossa. Filari paralleli di peri corvini seguivano le righe seminate. Gazania non comprendeva per quale motivo avessero messo a dimora gli alberelli accanto al seminato, invece di disporli lungo i bordi del campo. Forse le radici dei peri aiutavano quelle dei meloni a svilupparsi? O la vicinanza di altre piante faceva permanere l'umidità notturna nel suolo?

Parsa si trovava nel posto in cui Gazania l'aveva vista il mese precedente, ma accovacciata sulla terra. Quando si fermarono davanti a lei, sollevò la faccia: le sue iridi dorate splendevano con minore intensità e la pelle appariva un poco vizza sugli zigomi, nelle spalle, lungo le braccia nude. Con estrema lentezza sollevò una mano, arcuò l'indice e fece segno a Gazania di avvicinarsi, di chinarsi fino a lei.

Gazania si inginocchiò di fronte a Parsa col batticuore. Quella donna era il suo esperimento meglio riuscito e anche il suo più grande senso di colpa. La mano destra di Parsa galleggiò nell'aria ondeggiando come una foglia portata dal vento e la toccò su una guancia, dandole una serie di colpetti leggeri.

"Stupida" biascicò la donna con voce di gola. "Stupida sciocca. Hai cambiato la formula e le mie radici non riescono più ad andare in profondità."

Solo allora Gazania comprese che quei colpetti erano schiaffi. Ceffoni al rallentatore, in base alla velocità e alla forza vegetale di Parsa. Gazania afferrò la mano e gliela strinse contro la propria guancia.

"Non sono io a decidere. E neppure tu. Le radici decidono per conto loro, senza consultare il cervello."

Un'espressione di molle stupore affiorò sul volto ligneo della donna.

"Probabilmente il sottosuolo è troppo asciutto, non riescono a trovare sufficiente umidità," continuò Gazania. "Mangia la frutta che ti ha portato Aramu per integrare i liquidi corporei. È il nostro vantaggio genetico, poter assorbire aminoacidi e sali dal cibo."

Aramu si fece avanti sollecito e Parsa si gettò sulla frutta come un animale affamato. Gazania e Bocca di Leone restarono in piedi, a guardare verso il mare, imbarazzati dagli schiocchi e dai risucchi sonori che emetteva la donna.

Attraverso le lenti degli occhiali da Sole il cielo e il mare splendevano di un azzurro più intenso. Gazania provò a sondare Aramu sul metodo di coltivazione in asciutto; l'altro offrì loro le susine più mature e nessuna informazione utile.

"Aramu è risentito," commentò Gazania mentre tornavano alla serra, succhiando la polpa violetta di un frutto. "Quando ho proposto loro di usare la crema per proteggersi durante il lavoro erano diffidenti. Aramu anche più di Parsa. Poi Parsa ha detto che a provare non ci perdevano nulla, anzi, ne avrebbero potuto ricavare un guadagno, e ora sono seccati perché la formula è cambiata."

Camminarono per un po' in silenzio. A entrambi pareva di essere tornati bambini, quando andavano a rubare la frutta nei campi di AgriViva, la multinazionale che all'epoca possedeva la licenza agricola sui terreni intorno alla città, prima che il deserto li facesse scappare. Per un lungo attimo la spensieratezza li rese leggeri come semi trasportati dal vento, e Gazania comprese il desiderio di Xilo di scappare a Nord, poi la serra ricomparve in lontananza e il peso delle responsabilità li riportò a terra. La terra, sempre la terra: base, sostegno, motivo di disperazione.

"Qualche trucco l'abbiamo visto," disse Bocca di Leone, col tono di chi ritiene di non tornare a mani vuote. "I peri messi a dimora accanto ai meloni sono un'ombreggiatura multipla. Ne ho sentito parlare in alcune Nicchie dedicate all'agricoltura."

"Ma cosa possiamo piantare ora, che cresca così in fretta da poter fare ombra al nostro amaranto?"

Al vallo trovarono tre figure smeraldine chine sul terreno incolto, di fianco alla striscia da cui spuntavano i germogli di fonio. Metis muoveva rabbiosa avanti e indietro un vecchio smuovi-zolle a vapore, che inumidiva il terreno e lo grattava per ammorbidirlo. Opilio, dietro di lei, rastrellava le erbe spontanee, gettandole di lato, e Indra, l'ultimo della fila, tirava un *graffiatore*, aprendo i solchi per la semina.

Dopo la partenza di Tambussaria, Indra era rimasto con loro. "Sono stanco di girare il mondo. Voglio fermarmi," aveva detto. Era stato accolto quale membro effettivo della cooperativa, occupando il posto lasciato libero da Xilo. Anche da lontano si capiva che i suoi solchi erano irregolari e di profondità non uniforme.

Un carro semovente sbucò da dietro la serra e scese di sbieco lungo il pendio, scavalcando le pietre, lento e impacciato come un grosso scarabeo. Il carico era ricoperto da un velo di tessuto umidificante e due figure umane sedevano affiancate nei seggiolini esterni: Berano e Giarra Nues, marito e moglie, celebri coltivatori di piante officinali. I Nues erano affiliati alla serra e ricevevano ogni settimana la consegna di frutta e verdura. Da qualche tempo non svolgevano più le ore di lavoro dovute per contratto; avevano mandato un messaggio di scuse, in cui spiegavano che la defezione era dovuta a problemi fisici, entrambi soffrivano di dolori articolari, stavano seguendo una terapia e finché la cura non avesse restituito loro l'agilità, sarebbero rimasti a casa.

Dopo l'ulteriore stretta sulla quantità di acqua distribuita dal Comune, Gazania aveva chiesto ai Nues di dar loro qualche consiglio su come coltivare "in asciutto" e ora i due vecchi agricoltori si facevano avanti di persona.

Gazania accelerò il passo e saltò sul predellino posteriore, afferrandosi al portello di contenimento. I due sollevarono le teste coperte dai larghi cappelli di giunco intrecciato e la salutarono con un gran sorriso. Giarra scoprì una parte del carico: lavande e salvie già alte, da mettere a dimora accanto alle colture esterne, per ombreggiarle. E sacchi di miglio da seminare.

"La nostra salvezza!" esclamò Gazania.

1.

Mai, in nessun momento della sua vita, Gazania avrebbe immaginato di guardare la città dall'alto della torre dei Belu.

Si era presa una pausa per risalire dai laboratori sotterranei fino al giardino pensile che incoronava la costruzione e ora scrutava le abitazioni circostanti, arroventate dalle ore zenit dell'estate.

Una muraglia di ginepri fenici cresceva nelle vasche in muratura che formavano i parapetti della grande terrazza; un graticcio sosteneva la vitalità prorompente dei tralci di passiflora, varietà *edulis*, i fiori violetti spalancati come occhi di drago sul mondo. La struttura formava un tetto vegetale, aperto al centro in un riquadro da cui il Sole scendeva a illuminare l'aiuola delle piccole, deliziose *chamaerops humilis*, le palme autoctone, basse, resistenti, dalle foglie a ventaglio che il vento faceva vibrare, accrescendo la sensazione di frescura.

Una miriade di effetti sonori – ticchettare, frullare, sbattere d'ali – proveniva da una serie di ammennicoli appesi al graticcio o issati su pertiche, dotati di pale rotanti, eliche, elichette, rotelline, plettri su ruote dentate. Rilevatori atmosferici. Controllavano la velocità del vento, l'umidità, la quantità di corpuscoli presenti nell'aria, gas inquinanti o tracce di sabbia desertica. E lo facevano da più di quattrocento anni. Gazania aveva sempre riso della meteorologia. Quale tempo farà? Sole, Sole e ancora Sole. Una volta all'anno pioggia, sempre a ottobre, per l'intero mese. E poi di nuovo Sole, Sole e Sole.

Eppure riusciva a cogliere la solennità della tradizione e la tenacia del compito. I Belu si comportavano come il miglior *ficus microcarpa*, accrescendo a ogni generazione le dimensioni dei rami, i rami del sapere meteorologico. E comprendeva anche meglio la boria della famiglia. Vivendo nella torre era facile ritenere di dominare esseri umani e lombrichi. L'altezza dà alla testa, rende altezzosi. Poi considerò che anche lei aveva vissuto per molti anni a Campo della Pace, la cima della collina da cui potevano vedere sia l'entroterra sia il mare, senza darsi arie o ritenersi superiore alle minuscole creature lontane che faticavano ogni notte, inseguendo i propri compiti, pedalando dietro alla felicità. La differenza stava nel fatto che la serra produceva per la città mentre i Belu... per chi producevano i Belu?

"Oh, eccoti qui."

Neria, la moglie di Retama, era sbucata dalle scale che comunicavano col piano sottostante.

"È arrivata la risposta della BluLab," continuò la donna. "Te l'ho mandata come messaggio privato. Aprilo."

"Chi è la BluLab?"

"Un laboratorio di analisi della Confederazione Boreale. Gli avevo mandato una fiala di AmicaSole da analizzare. Apri, apri!"

Per età Neria avrebbe potuto essere la sorella maggiore di Gazania ma i suoi entusiasmi si manifestavano sempre in modo infantile. Saltellava sui talloni, si dimenava, non stava più nella pelle. Gazania proiettò il messaggio per leggerlo, si trattava di un elenco di molecole con accanto l'immagine cromatografica e la formula chimica.

"Sono dieci pagine," Neria sfogliò la proiezione con impazienza, andando avanti velocemente. "Gran parte degli ingredienti li abbiamo già isolati noi. Qui! Leggi qui!"

Indicava una riga muovendoci sopra il dito, rendendo confuso l'ologramma. Gazania le fermò la mano e lesse.

"*Solfuro di ferro*. Qual è la novità? L'avevamo già individuato con la prima analisi."

"Sotto! La proteina!"

Una lunga riga descriveva una catena di aminoacidi, ai quali era legato il ferro. Ancora più sotto si parlava di un quesito ... *per rispondere al quesito da voi formulato...* e si dava la risposta: *gli organismi locali che possiedono questa proteina sono...*

Gazania sbatté le palpebre, credendo di aver letto male, poi sollevò lo sguardo su Neria. Per quanto ben fornito, il laboratorio dei Belu non possedeva gli strumenti necessari a isolare le proteine. Ora tutto si inseriva in uno schema completo, ogni fatto trovava una spiegazione scientifica. Sapeva per quale motivo la nuova versione della AmicaSole fosse diversa dalla precedente. Mancava un ingrediente essenziale, il nucleo attorno al quale ruotavano gli altri componenti.

"Ho chiesto che specificassero la provenienza di ogni proteina presente nella formula, comparandola a quelle dei vegetali e degli animali che vivono nell'isola," le spiegò Neria sorridendo. "La BluLab possiede il database dei viventi più aggiornato al mondo."

"Quando gliel'hai mandato?"

Qui la bambina euforica lasciò il posto all'adulta. Neria socchiuse le palpebre e ritirò i sorrisi. "Dopo che hai accettato la nostra proposta."

Non le aveva chiesto alcun permesso. Tantomeno l'aveva informata della decisione di inviare un campione di crema a un laboratorio esterno.

"Qual è il tuo scopo, Neria? Brevetterai la formula?"

A differenza del marito, specializzato in geografia e cambiamenti climatici, Neria aveva studiato chimica e botanica. Il suo stesso nome rivelava la provenienza da un Nido di Curatori botanici. Nonostante Neria l'avesse accolta a braccia aperte, dichiarandosi lieta di avere una collega con cui scambiare opinioni e da cui apprendere i metodi per la formulazione dei cosmetici, Gazania si accostava a lei con cautela, come se fosse un ragno pericoloso.

"So come la pensi sulla proprietà intellettuale. Però non ci sarebbe niente di male se la producessi tu. È come se avessi creato la varietà ibrida di un cereale, lo metti a disposizione di tutti ma sarebbe strano se proibissi proprio a te stessa di coltivarla."

Gazania rise.

"Sembri uscita da un Nido di filosofi, parli troppo bene."

"Sono annoiata! Ne ho le tasche piene di combinare fosforo e azoto per fertilizzare i terreni. Ho bisogno di una bella avventura. Ti prego, dimmi di sì! Abbiamo già acquistato i macchinari per emulsionare, io mi occuperei anche di procurare i flaconi e di spedirli in tutto il mondo."

"Non abbiamo abbastanza manodopera per invasettare grandi quantità di crema. La tua famiglia non basta."

"Assumeremo. I miei figli porteranno i loro amici e questi altri amici. Conosco alcuni ragazzi e ragazze che non sono contenti di fare i camerieri nei bar."

"Saranno già partiti."

"Oh, no. Tu non sai cosa sta succedendo in città. Da un paio di mesi fai la spola tra qui e la serra, ma i miei ragazzi mi raccontano che quelli della loro età non ne vogliono più sapere di spostarsi a Nord. Roba da vecchi, dicono. Io credo che sia stata l'AmicaSole a fargli cambiare idea. Poter vivere durante il giorno, alla luce del Sole, li ha profondamente cambiati. Vedono la speranza."

Gazania dimenticò i fogli dell'analisi chimica, che restarono a fluttuare nell'ombra del pergolato, e fece qualche passo verso l'area aperta della terrazza dove crescevano le palme. Si chinò vicino all'aiuola.

Un insetto camminava lungo uno stelo d'erba, le vespe ronzavano e due farfalle si inseguivano in mezzo ai fiori. La canicola pareva favorire una quiete sovrumana eppure le piccole creature viventi continuavano a palpitare dentro la sfera del caldo. Si sentiva minuscola anche lei. E c'era quel ticchettio e quel frullio costante sulle loro teste. Tic tic tic. Nessun senso del tempo, aveva detto il bibliotecario. Ora il tempo bisognava afferrarlo per la coda e farsi trasportare.

"Tempo di cambiare," mormorò.

2.

"Abbiamo visite, Gaz!"

Amaryllis le venne incontro trafelato sulla porta Alba. "Gente del Comune. Sono nella piazza con gli altri. Perché sono venuti? Ci faranno chiudere? È la fine della terra, come nella poesia?"

Le prese la mano, come se Gazania non sapesse dove si trovava la piazza e volesse condurla

"Ma no, sciocchino." Gazania gli passò un braccio intorno alle spalle, facendolo camminare insieme a lei. "Abbiamo chiesto al Comune di acquistare un decorticatore meccanico, ti ricordi? Forse sono venuti a portarcelo."

Trovò tutti i membri della cooperativa riuniti intorno al tavolo-albero. I due del Consiglio Comunale erano Parmenide e Hannah, i consiglieri più giovani. Non avevano alcuna cognizione di agricoltura ma sapevano condurre le trattative, ottenendo sempre risultati positivi per il Comune.

L'intero gruppo sedeva in silenzio, ognuno con una tazza di tè in mano. Opilio, Jerru e Amegilla guardavano dentro la loro tazza, come se cercassero un responso in fondo a un pozzo; Bocca di Leone sorseggiava il tè, fissando gli ospiti; Metis aveva la solita espressione furibonda; perfino Indra appariva contrariato.

"Oh, Gazania, sentiamo anche il tuo parere," la accolse. L'incantesimo del silenzio si ruppe e tutti spostarono l'attenzione su di lei, come se la sua presenza potesse far cambiare l'ago della bilancia.

Gazania rivolse un cenno di saluto ai consiglieri e prese posto. Amaryllis restò in piedi accanto a lei.

"Il Comune ci fa sapere che acquisterà il decorticatore in cambio di una fornitura di cereali per la cittadinanza!" disse Metis con veemenza. "Anche ammesso che la semina germogli e le piantine diano frutto, ne avremmo a malapena per noi. Come potete chiederci di nutrire un'intera città?"

"La città si sta assottigliando," rispose Hannah. "Ogni settimana almeno una famiglia se ne va."

"Solo ieri ho scoperto che la mia osteopata se n'è andata a Nord," intervenne Parmenide con voce strascicata. "Ho un mal di schiena feroce e nessun rimedio."

"Già. Deve essere il peso delle responsabilità," commentò acida Metis.

"Per essere una metis, sei davvero poco equilibrata."

"Stronzi Nido Nove! Lo sappiamo che i vostri Curatori erano filosofi e che badate solo allo spirito!"

"Ma quando mai!" Parmenide se la rideva, divertito dalla schermaglia.

"Vi abbiamo chiesto di condividere i cereali," aggiunse Hannah. "Ci serve cibo per nutrire corpo e spirito di tutta la popolazione."

"Resta il fatto che anche noi facciamo parte della popolazione," osservò Bocca di Leone. "Qui presenti siamo in sette, ma sapete bene che dietro ognuno di noi c'è una famiglia, ci sono i trasportatori, che fanno parte della serra a tutti gli effetti, con le loro famiglie."

I Consiglieri mostrarono un certo imbarazzo.

"Non possiamo presentare una richiesta di spesa così alta..." iniziò Parmenide, Bocca di Leone lo bloccò subito.

"Sicuramente il Comune possiede un vecchio decorticatore nei suoi depositi, un residuato di quando si coltivava il grano. Potreste cederci quello, lo adatteremmo a spese nostre per levare il tegumento all'amaranto e al miglio."

"Nutrendoci con i cereali avremmo maggiore forza per occuparci di colture più estese," aggiunse Gazania. "E quindi aumentare la produzione cerealicola. Un circolo virtuoso."

Hannah e Parmenide si scambiarono un'occhiata, poi lui prese a scrivere un messaggio e, poiché fluttuava sul tavolo, tutti lessero il contenuto: chiedeva a un magazziniere di verificare lo stato di un macchinario per decorticare i cereali. Lo inviò e il testo svanì, risucchiato dal suo chip.

"Sappiamo che avete continuato a produrre per tutti gli affiliati," disse Hannah. "Anche quando non vi aiutavano nel lavoro. Vi siamo riconoscenti per il grande senso del dovere che avete dimostrato, purtroppo ci troviamo in un momento critico. Alcuni Consiglieri vorrebbero rescindere tutti i contratti con le serre e dichiarare l'estinzione della città."

I coltivatori drizzarono le teste come uccelli all'approssimarsi di una tempesta.

"Furbi. Così l'Organizzazione Mondiale del Clima vi darebbe un bel po' di soldi per trasferire gli ostinati con la forza," disse Metis.

"Qui non resterebbe nessuno!" esclamò Gazania. "Nessuno, lo capite? Vorrebbe dire consegnare questa terra al deserto. La terra in cui siamo nati."

Finis Terrae, come nella poesia che ripetevano i bambini. Strinse a sé Amaryllis, stavolta era lei quella bisognosa di essere rassicurata.

"Gli esseri umani si sono sempre spostati," replicò Parmenide facendo spallucce. "Siamo venuti dall'Africa, milioni di anni fa, e ora saliamo solo un po' più a nord."

"Gli esseri umani si prendono cura di se stessi e del proprio ambiente," ribatté Gazania sollevando la voce. "Siamo tutt'uno. E se l'ambiente sta male, interveniamo per aiutarlo. Gli esseri umani non scappano. Questa aridità, questo caldo, fanno parte di noi, siamo noi. Non possiamo strapparceli di dosso come se fossero indumenti scomodi."

Un segnale sonoro li avvertì che la risposta al messaggio era giunta. Parmenide proiettò la comunicazione in aria. Un breve testo. *Due decorticatori. Uno ha le bielle deformate. L'altro i setacci incrinati. Non ci sono pezzi di ricambio.*

"Qualcuno di voi si intende di meccanica?" domandò tronfio Parmenide.

"Senti, Protagora, non mi serve la meccanica per sfondarti la testa a colpi di pala!" Metis fiammeggiava.

"Hannah, far morire la città è una sconfitta per tutti," disse Gazania.

"Come daremo da mangiare ai cittadini? Sono contenta di essere venuta di persona a vedere la serra. Mi guardo attorno e scopro che avete smontato gran parte delle vasche, giustamente, perché l'acqua non vi bastava più. C'è un caldo soffocante qui dentro, perché il muschio delle pareti non è più un isolante sufficiente e l'umidità sta aumentando, con tutti i rischi di marciumi, funghi e acari che porta con sé."

La ragazza allevata dai filosofi doveva essersi informata sul microclima ideale delle coltivazioni di precisione. Nessuno osò controbattere.

"Potremmo nutrirci meno, avere meno bisogno di acqua potabile. In questo modo la produzione ridotta basterebbe per tutti."

Si voltarono a guardare Indra, che aveva parlato tenendo gli occhi sulla sua tazza di tè e continuava a farlo, le guance accese dall'emozione. Gazania sapeva già cosa avrebbe detto.

"Il Comune potrebbe distribuire ai cittadini l'AmicaSole."

Seguì un attimo di silenzio, poi Hannah ritenne doveroso rispondere.

"Ho sentito che la nuova versione non ti trasforma in un vegetale."

Stava sondando la veridicità dei chiacchiericci diffusi nei luoghi di ritrovo cittadini.

"La nuova formula impedisce l'evaporazione rapida dei liquidi corporei e mette l'organismo nella condizione di conservare l'umidità interna," rispose Gazania.

"È vero che la crema consente alla pelle di utilizzare la radiazione solare per assorbire in modo diretto l'energia che normalmente assimiliamo dal cibo?" domandò Parmenide.

Tutti pendevano dalle sue labbra e Gazania avvertiva la potenza del momento. Erano giunti a un bivio fondamentale, i Consiglieri si affidavano alla sua conoscenza scientifica, ai risultati dei suoi esperimenti sulla AmicaSole. La crema, fino a quel momento, era stata una curiosità, una moda cittadina. Asfodelo l'aveva regalata a chiunque si presentasse al parco di Monte Laro. I trasportatori l'avevano diffusa tra amici e conoscenti. Gli adolescenti che amavano circolare sui pattini se la scambiavano per gareggiare durante le ore zenit. Alcuni lavoratori esterni l'avevano provata dietro consiglio dei figli. Ma nessun ente amministrativo l'aveva indicata quale rimedio alla siccità e all'emigrazione. Non c'era nessuna comunicazione ufficiale. Se il Consiglio Comunale avesse approvato l'AmicaSole come presidio medico, ne avrebbe finanziato la produzione e i Belu avrebbero potuto ingrandire il laboratorio, acquistare le apparecchiature adatte. E dopo aver soddisfatto la domanda interna, la crema sarebbe stata venduta sull'Hiperabitat, in tutto il mondo, come aveva profetizzato Neria.

Col ricavato la serra avrebbe potuto comprare un decorticatore nuovo, forse anche due o tre, insieme ai macchinari agricoli necessari per le colture in campo aperto.

Ciò che gli altri non sapevano, e di cui solo Gazania e Neria erano consapevoli, era il fatto che la crema, per essere efficace, doveva stimolare il radicamento. Solo attraverso le radici avveniva il miracolo della nutrizione diretta dal terreno. Il vero effetto del Sole consisteva nel sollecitare la formazione dei filamenti sotto la pianta dei piedi.

Una diffusione estrema dell'AmicaSole avrebbe modificato il DNA di ogni cittadino e cittadina. Adulti, bambini, anziani, chiunque se la fosse spalmata avrebbe campato di microelementi senza doverli scindere dalla frutta e dalla verdura, ma non sarebbe mai più stato simile agli altri esseri umani. Forse il salto evolutivo si sarebbe impresso nei cromosomi e da quel trampolino il tuffo in una generazione di umani resistenti era inevitabile. Dopo aver squarciato l'acqua, le onde concentriche si sarebbero propagate nel futuro, per secoli, forse per millenni.

E l'animale che forniva il gene adatto al salto evolutivo si trovava proprio lì, nella serra. Si era moltiplicato grazie all'aumento dell'umidità e della temperatura interne, quei parametri che, nell'analisi di Hannah, costituivano un fattore letale per l'agricoltura, avevano contribuito al risultato della formula. Gazania era tornata alla serra proprio per procurarsi un bel quantitativo di quegli esemplari e mettere in produzione la versione corretta della crema, quella originaria.

Sollevò lo sguardo, esaminò tutti i volti delle persone sedute intorno al tavolo.

Come avrebbe agito l'AmicaSole sui loro lineamenti? In che modo sarebbero mutati?

Nessuno poteva prevederlo, così come nessuno avrebbe potuto intuire la forma eretta dell'essere umano dall'aspetto del pesce che camminò sulla spiaggia primordiale.

Oltre il cerchio dei compagni un'ombra si muoveva in mezzo agli alberi di limone. Una strana ombra dotata di uno scintillio intermittente, a seconda di come si spostava. La Nonna.

I suoi gioielli catturavano la luce più debole e la riflettevano moltiplicata.

Probabilmente la vecchia aveva ascoltato tutto: le informazioni, ogni informazione, per lei era utile, le consentiva di variare le quotazioni delle scommesse a seconda di come girava il vento.

La Nonna svolazzava sopra di loro come una cornacchia, sbeffeggiando la Permanenza e raccogliendo le scommesse per il Grande Esodo come semi e bacche sparsi. E ora la fissava. Pur senza vederle il volto, Gazania sapeva che la stava guardando intensamente, anche lei aspettava la sua risposta con trepidazione.

Sopportare la presenza della Nonna aveva messo a dura prova, negli anni, la pazienza di Gazania. Quel grumo del falò antico che era stato il mondo di prima se l'erano passati di serra in serra, come un testimone di legno bruciato, a perenne monito delle conseguenze della follia umana. E in quel momento Gazania comprese che il tizzone non era spento: ardeva ancora.

In segreto, come il midollo della ferula, che può bruciare dentro senza che la sua canna sia intaccata, un granello del vecchio fuoco si trovava al centro di quell'ombra e nel suo cuore.

Si alzò in piedi, catalizzando tutti gli sguardi, fiduciosi, pieni di curiosità, di speranza. L'aria sembrava essersi fatta più pesante e le gravava sul petto rendendole difficile il semplice atto del respirare. Per un momento pensò di darsela a gambe. Perché doveva essere lei a prendere la decisione? Ogni azione della cooperativa, dal banale acquisto di microelementi da aggiungere ai canali di coltura alla riparazione di una bussola di accesso, veniva discussa durante una riunione e tutti potevano parlare, perfino i bambini. Perché doveva portare quel peso da sola?

I suoi occhi si posarono nuovamente sulla figura oscura tra gli alberi di limone. Tutto era partito da lì, da uno scherzo maligno della Nonna. O forse no, tutto aveva avuto inizio cento anni prima, quando la transizione ecologica si era rivelata insufficiente per far regredire il cambiamento climatico.

"Maledetti i nostri antenati!" borbottò Gazania.

Parmenide si allungò verso di lei aggrottando la fronte. Anche gli altri si protesero cercando di capire cosa avesse detto.

"Maledetta l'idiozia umana!" continuò Gazania, alzando la voce. "Maledetto l'ozono consumato! Maledette le nuvole che non portano pioggia! Maledetto il Sole!"

L'ultima frase risuonò fino al soffitto della serra, gelando tutti quelli che si trovavano riuniti intorno al tavolo. Hannah si alzò in piedi a sua volta, risoluta a ottenere una risposta definitiva.

"Dobbiamo saperlo: potremo resistere alla siccità e alla carestia?"

"Sì," rispose Gazania.

1.

"Lo so."

La Nonna sollevò lo sguardo dal foglio su cui scarabocchiava i pronostici. Gazania si era seduta davanti a lei e le rivolgeva uno sguardo trionfante.

"Davvero? Mi sorprende che tu sappia qualcosa. I giovani sono tutti ignoranti."

"So da dove proviene la proteina che rende l'AmicaSole così efficace. Non è stato difficile, vero? Il mio banco di lavoro è accessibile a tutti. L'hai distillata durante il giorno, mentre dormivo, e poi l'hai aggiunta di nascosto nei becher in cui si trovava la crema già pronta."

Un piccolo guizzo di esultanza attraversò il cuore della Nonna. Si congratulò con se stessa per aver scommesso su quella bambina che aveva l'audacia di usare le sue blande cognizioni di chimica per superare lo stato delle cose.

"La tua formula non era male" rispose. "Ma aveva bisogno di una spintarella per essere davvero rivoluzionaria."

"Adesso capisco perché la seconda versione non fa radicare" riprese Gazania. "L'ho preparata nel laboratorio dei Belu, tu non vi potevi accedere, perciò mancava l'ingrediente essenziale."

Posò Tenebra Strisciante sul tavolo e la grossa lumaca, dopo un attimo di incertezza, allungò i corni telescopici e prese a muoversi in direzione dei fogli di carta. La Nonna osservò freddamente il gasteropode. Eccola lì, la sua creatura, la conclusione di anni e anni di ricerche, errori, ripartenze, aggiustamenti biologici.

C'era stato un tempo in cui tutte le notti sognava di essere la *Chrysomallon*. Strisciava nei luoghi umidi della sua infanzia, veniva fuori da teiere e pozzi, sbucava in un paesaggio bianco di ghiaccio, lambendo col suo piede corazzato un mare artico cristallino, che però, a toccarlo, si rivelava caldo. Acqua bollente tra i ghiacci, l'essenza della sua terra d'origine.

La Nonna allungò un indice e lo batté sui corni. La lumaca li ritrasse velocemente ma la vecchia continuò a tempestarla, furiosa.

"Così! Così mi hanno ridotta! A tornare nel guscio, a nascondermi, a scomparire."

La lumaca si era fermata a metà di un foglio e pareva chiudersi in se stessa come un carro armato, per ingannare l'ostilità esterna.

"Ho fatto una ricerca" disse Gazania. "Ho scoperto che questa lumaca somiglia alla *Chrysomallon* ma ha subito alcune modifiche genetiche che le permettono di resistere con un minimo di umidità ambientale. In realtà è un prodotto di laboratorio creato da una celebre biologa, la dottoressa..."

"Niente nomi!" La Nonna batté una mano sul tavolo per imporle di tacere. "I nomi vanno bene per chi vuole avere un passato. Io possiedo soltanto il presente."

"Come preferisci, continuerò a chiamarti Nonna. Però questa biologa, settant'anni fa, aveva fatto scalpore nella comunità scientifica per la proposta di inserire il DNA della *Chrisomallon* modificata nel DNA umano, allo scopo di ottenere una popolazione di individui resistenti all'aumento di temperatura del pianeta. Ma il salto genetico aveva spaventato politici e scienziati e lei stessa, dopo qualche tempo, ritrattò le sue idee."

La Nonna strizzò le palpebre, come se dovesse mettere a fuoco qualcosa di molto lontano. La riva da cui si era staccata non si vedeva più e lei si era fatta portare dalla corrente degli anni.

"Ero giovane. Rispettavo l'autorità e la legge. Gli idioti che decidevano credevano di poter venire a patti con la catastrofe, non vedevano più in là del loro naso. Non capivano il concetto di simbiosi mutualistica. Dovevamo cooperare con l'ambiente, non combatterlo. Dovevamo adattarci, non c'era altra soluzione. Ma loro avevano paura. Toccare il DNA, violare il sacro confine! Imbecilli. Come se il DNA non si modificasse da solo a ogni mitosi. E allora basta, mi son detta. Che se ne vadano tutti al diavolo, il pianeta e i suoi stupidi abitanti!"

"Le lumache però le hai liberate."

La Nonna continuava a fissare Tenebra Strisciante, che aveva timidamente allungato i corni, annusando l'aria tutt'intorno per capire se la pioggia di ostilità fosse terminata, e ripreso a ondulare il piede ferrigno per spostarsi lungo il tavolo. Animale tenace, duro e morbido nello stesso tempo.

"Quale colpa avevano loro? Prima di andarmene ho fracassato ogni vetro del laboratorio ma le lumache le ho portate via con me e le ho lasciate in punti diversi dell'isola. A piccoli gruppi, per dargli modo di riprodursi."

"E noi abbiamo finito per credere che fossero endemiche."

"Quanto i fichi d'India," rispose la Nonna con una smorfia di disprezzo.

"Come ti senti a essere la creatrice della nuova umanità?"

"Nello stesso modo in cui ti senti tu," replicò la Nonna fissandola, gli occhi neri spalancati e irridenti."

"Io sono spaventata."

"Non è vero."

"Mi piace sentire i vegetali, è bello essere parte di un mondo più vasto del piccolo creato umano, ma non voglio trasformarmi in una pianta. Non voglio stare ferma."

"Puoi essere tutto quello che vuoi, Zizzania."

Gazania restò in silenzio per qualche secondo.

"La risposta individuale. È così? Non tutti reagiscono allo stesso modo all'AmicaSole. La crema si adatta alle abitudini comportamentali di chi la usa."

La Nonna arricciò verso l'alto un angolo della bocca, Quanto era sveglia la bambina! Sapeva ragionare e indagare. Se avesse scommesso denaro su Gazania, il gruzzolo le sarebbe ritornato ingigantito.

"Ho letto qualcosa sull'evoluzione," continuò Gazania. "I rettili, per esempio, discendono dallo stesso ceppo genetico degli uccelli. Nessuno può prevedere dove condurrà una variante cromosomica e spesso i fattori ambientali sono determinanti per plasmare un organismo."

"Ogni crisi ci fa capire che l'essere umano è una creatura senza una forma definitiva," disse la Nonna. "Chiunque ci abbia fatto, non ci ha finiti. Non voglio dire che siamo incompleti, non ci manca nulla, però siamo malleabili, come il fango da cui proveniamo."

"Ti stai divertendo, eh? Abbiamo dato una bella spinta all'evoluzione, però non sappiamo in quale direzione."

"La direzione è una sola: vivere."

"Ma con le scommesse hai perso. Ha vinto la Permanenza. Dovrai pagare una somma enorme ai Belu."

"Vaffanculo le scommesse. Ho vinto io. Tu sei la mia vendetta. Ho aspettato settant'anni e finalmente ho ragione. Gli esseri umani devono mutare per sopravvivere. Posso morire in pace, adesso."

"Vuoi morire?"

"Non ci penso per niente! Voglio vedere il mondo nuovo."

2.

Anghel e Jerru caricarono la cassettiera sul rimorchio. Anghel aveva abbassato le sponde in modo da ottenere un pianale su cui erano stati accatastati tutti i mobili dell'appartamento. Si scostarono dal veicolo sbuffando e Amegilla aggiunse quattro cuscini al mucchio già alto.

"Non sono pesanti," si giustificò.

Hesperia e Amaryllis infilarono un tappeto arrotolato in uno spazio tra la cassettiera e i letti smontati.

"Leghiamo tutto," suggerì Jerru, "o alla prima curva il carico si ribalterà."

Impiegarono un bel po' di tempo a stringere le cinghie intorno ai mobili, nel frattempo il Sole era salito e aveva preso ad arroventare l'aria, ma nessuno pareva badarci.

C'era ancora molta gente a passeggio per via della Mirra, qualcuno occupava i tavolini di un bar, una flautista deliziava il pubblico con un arrangiamento particolare di un famoso brano jazz, in strada passavano gruppi di adolescenti su pattini a rotelle che per qualche secondo riempivano l'aria delle loro risate e poi scomparivano in una scia verde dorato. Tutti avevano la pelle colorata in diverse sfumature di verde.

Anghel montò sulla bici e premendo con forza sui pedali riuscì a muovere il carico in avanti. Amegilla, Jerru e i bambini lo seguirono a piedi. Amegilla fissava la catasta traballante della mobilia e si chiedeva come avesse fatto a portarsi appresso, per tanto tempo, quell'enorme peso. Certo, un'eredità non è una scelta, ma si può anche rifiutare.

D'un tratto i preziosi mobili della nonna le sembrarono un guscio di tartaruga, una corazza organica che lei aveva indossato e con cui si era spostata fino a quel momento, senza capire che poteva farne a meno. Stiracchiò le braccia verso l'alto e la sensazione dello spazio intorno a sé le parve deliziosa. Jerru le si affiancò e le fece passare un braccio intorno alla vita.

"Ora che Hesperia è cresciuta, potremmo prendere in considerazione un secondo figlio. Cosa ne pensi?"

Amegilla rise.

"Va bene così, Jerru. Non ho vuoti da riempire. Questi mobili sono stati il motivo dei litigi tra i miei genitori. Mia madre si aggrappava a loro come a una scialuppa di salvataggio e non si è mai accorta che erano zavorra. Non volevo che si mettessero anche tra di noi." Passò un braccio dietro la schiena del marito, avvicinandolo a sé.

Giunsero allo Sprofondo. Poco più avanti delle ultime case del quartiere si trovava una zona di campi incolti che cedevano in un lungo gradino, profondo quindici metri, prima di trasformarsi nella terra rossa e secca del deserto.

Lo Sprofondo era ciò che restava di una muraglia che avrebbe dovuto fare da barriera all'avanzata del deserto. A ridosso dello scavo si intravedeva la colata di cemento, ancora chiusa nell'armatura di legno, i ferri che sbucavano come rami secchi piantati nella parete; a un certo punto il Comune aveva abbandonato i lavori, forse per mancanza di denaro o per beghe con la società appaltatrice, non se lo ricordava più nessuno. Restava la lunga fossa che la creatività popolare aveva trovato modo di riempire.

Anghel si fermò e tutti insieme liberarono il carico dalle funi, poi il trasportatore risalì sulla bici e si mosse con cautela in retromarcia verso il bordo del dirupo. I mobili barcollarono per qualche istante, come su un ponte sospeso, poi il vuoto li risucchiò e precipitarono con un gran fragore.

Amegilla si era avvicinata al bordo e poté osservare la cassettiera che si rovesciava sulle rocce, spaccandosi in frammenti e schegge, seguita dalle testiere dei letti, dal grande armadio smontato e dalle sedie. Jerru e Anghel dovettero sollevare e spingere giù il grande piano del tavolo del soggiorno, rimasto sul fondo del pianale: scivolò come una zattera e andò ad arenarsi in mezzo ai suoi simili.

Lo Sprofondo era diventato la discarica degli oggetti non riciclabili, del vecchiume emergente da un lontano passato di benessere in cui, per sentirsi vivi, ci si colmava di futilità, dai paraventi di tessuto alle grandi librerie di vero legno ricavato da fonti rinnovabili.

Le sponde un tempo perpendicolari del burrone erano diventate un piano inclinato di oggetti frantumati da cui emergevano le foglie carnose dell'*aloe asperifolia*, cespugli di acacie, macchie verdi di *sedum* ed euforbie fiorite. Un humus segreto, formato dal ristagno di umidità e dal marciume del legno ecologico, alimentava la vegetazione. Forse la primavera successiva anche i mobili della nonna avrebbero germogliato e il ciclo vegetale si sarebbe ripetuto, dal legno di noce sarebbe sorto un noce, dal ciliegio delle sedie un boschetto di ciliegi.

"Ma', sei triste?"

Hesperia le strinse una mano fermandosi accanto a lei. Amaryllis si trattenne sulla stessa linea ma a una certa distanza, scrutando lo Sprofondo.

"No," rispose Amegilla. "In un certo senso li abbiamo liberati."

3.

"Dovevo arrivare a quest'età per vedere i coltivatori moderni ritornare alle vecchie colture!"

Giarra Nues se la rideva, in piedi al bordo del campo esterno della serra, le mani sui fianchi e il grande cappello di giunco che le nascondeva il volto fin sotto il naso.

Il gruppo della cooperativa sollevò la testa dalle spighe dorate del miglio.

"Vi servono altri recipienti?" domandò.

"I recipienti ce li abbiamo," rispose Indra. "Ci servirebbero due braccia in più."

"Ragazzo, la mia schiena dice che per me è finito il tempo di piegarla. Però posso darvi qualche buon consiglio.

Per esempio raccomandarvi di tagliare anche le spighe immature."

Metis, Opilio, Bocca di Leone e Amegilla si fermarono coi falcetti in mano. Le foglie verde brillante, rigogliose, del miglio li circondavano, e in mezzo agli spazi tra i filari brillavano i mastelli, colmi a metà di spighe appena mietute.

"La spiga matura in modo scalare," spiegò Giarra. "Dalla base alla cima. Ma se attendete che anche la cima ingiallisca, correte il rischio che i chicchi già maturi della base cadano nel terreno, e quelli sono i semi più abbondanti. In confronto la cima è povera."

I coltivatori si voltarono tutti insieme a guardare ciò che era rimasto alle loro spalle, proprio quando credevano di essere arrivati quasi alla fine del campo.

"La mia schiena potrebbe non arrivare all'età della tua," si lamentò Metis.

Tutti si erano spalmati una buona dose di AmicaSole, prima di uscire dalla serra. Il caldo li sfiorava senza stritolarli, non c'era traccia di sudore sulle loro fronti e la gola conservava la giusta umidità. Ma dopo tre ore chini sulle piantine, a svolgere sempre lo stesso gesto, lo scheletro protestava e nessuna crema magica poteva lenire i dolori che salivano dalle reni fino al collo.

Il loro corpo era abituato al placido lavoro della serra, che svolgevano in piedi perché i canali di coltura erano sopraelevati rispetto al terreno; l'agricoltura di precisione richiedeva pazienza, cure attente, puntigliosità, non fatica fisica. Non quel genere di fatica.

"Ringraziate la Natura" li rimproverò Berano in tono scherzoso. "Il miglio sarà la vostra salvezza e vi rinforzerà le ossa."

"Lo sta già facendo," commentò Indra.

4.

"Ho una buona notizia."

Retama Belu si era presentato nel laboratorio sotterraneo e aveva gridato per superare il tambureggiare dei frullatori che, dall'alto, si immergevano nei mastelli per miscelare acqua, oli e cere vegetali. L'AmicaSole era emulsionata al ritmo di tre tonnellate alla volta.

Nel giro di poco tempo, Gazania si era ritrovata a dirigere un gruppo di lavoro formato da ragazzi e ragazze più giovani di lei, assunti dalla cooperativa Astarte. Qualcuno aveva avuto esperienza come pasticciere – perfetto! era stato il commento di Gazania. Preparare una crema per il corpo è molto simile a montare una chantilly! – qualcun altro suppliva alla mancanza di conoscenze con un grande entusiasmo, ma tutti filavano in perfetta armonia, desiderosi di imparare.

Neria era stata di parola. L'AmicaSole si vendeva sull'Hiperabitat, a un prezzo accessibile. Soltanto i cittadini potevano usufruirne gratuitamente, grazie al finanziamento comunale.

Retama aveva fatto cenno a Gazania di seguirlo per allontanarsi dal chiasso dei macchinari. Le mostrò un foglio elettronico indirizzato alla cooperativa.

"Questa è la ricevuta dei ricavi versati sul vostro conto."

Gazania trattenne il fiato. Era una somma incredibile.

"Tutti per noi? Non hai recuperato i soldi del tuo primo investimento?"

Lui fece una smorfia divertita.

"Oh, non ti preoccupare. Sto per diventare molto ricco."

Non capiva ma non aveva voglia di indagare. Si sbottonò il camice e si levò la cuffia dalla testa.

"Voglio dirlo di persona ai compagni, su alla serra."

"Non puoi uscire adesso."

"Metto la crema."

"Non è per il caldo. Vieni con me."

Salirono insieme con l'ascensore fino alla terrazza, dove trovarono Neria, intenta a fissare l'orizzonte attraverso un cannocchiale montato su treppiede, infilato in mezzo alla muraglia vegetale dei ginepri.

"Siete venuti a godervi lo spettacolo?" li salutò.

"Gazania vuole uscire," disse Retama.

"Oh no, non adesso," rispose Neria. "Guarda qui."

Invitò Gazania a dare un'occhiata nel cannocchiale. Lei si accostò all'oculare e osservò la linea lontana della pianura desertica, a ovest.

"Vedi quella macchia viola scuro nel cielo? Sta per arrivare una tempesta."

Effettivamente l'orizzonte si incupiva in un punto.

"Una tempesta di sabbia?"

"Un uragano di pioggia."

Gazania li guardò entrambi, curvando le labbra divertita.

"Mi state prendendo in giro."

"No. L'avevamo previsto."

"Che cosa?"

"Più o meno," disse Retama. "Diciamo che non credevo arrivasse così presto. Sapevo che le condizioni ideali si sarebbero verificate entro Cabidanni, ma sai com'è, il meteorologo è come un profeta, vede lontano in modo nebuloso, non può fare previsioni calibrate al millesimo."

"Voi sapevate che sarebbe piovuto alla fine dell'estate?" ripeté Gazania, ancora incredula.

"Noi sappiamo quanti millimetri di pioggia sono scesi negli ultimi quattro secoli. E conosciamo quali altri fattori devono manifestarsi perché l'alta pressione, i venti, la temperatura a terra permettano il passaggio dell'aria fredda dall'Atlantico. La probabilità che arrivi un ciclone, ad oggi, è salita al novantadue per cento, perciò io al posto tuo non mi farei sorprendere all'esterno quando inizierà."

"I miei compagni. Le colture!"
Gazania si voltò e discese la scala di corsa.

5.

La prova definitiva dell'avvicinarsi di qualcosa di grosso le venne dalle comunicazioni a distanza. Aveva provato a mandare un messaggio sulle frequenze della serra, nel canale che usavano abitualmente per parlare fra loro, e le era comparsa la scritta *invio non riuscito*. Dopo di che, nello schermo proiettato, era comparsa una riga continua di luce, che di tanto in tanto si sollevava come una frusta, spezzandosi in frammenti e poi ricadendo sotto forma di punti luminosi.

Gazania aveva sceso le scale della torre fino al pianterreno, aveva dischiuso il portone e il calore l'aveva assalita come una forza invisibile, respingendola all'interno. Anche quella temperatura così intensa, a metà mattina, era un segnale di pericolo imminente. Prese la sua borsa dall'appendiabiti accanto alla porta, inforcò gli occhiali a fascia e uscì.

La torre dei Belu si trovava su un rialzo del terreno, lungo il fianco della stessa collina che culminava con Campo della Pace. Per un istante valutò la possibilità di risalire a piedi, attraverso i palazzi diroccati della Duchessa, nascosti dal bosco di ailanti e pini a ombrello, invasi dai rampicanti; complicati passaggi di scale e sentieri di cemento portavano in cima alla collina. Ma l'aria bollente sarebbe stata ancora più calda sotto le fronde. Il sistema più veloce per arrivare in cima era la teleferica, quindi prese a scendere in direzione di via della Mirra.

Il Sole le stava martellando la cima del cranio quando ci arrivò. Alcuni adolescenti sui pattini sfrecciavano ridendo sul nastro liscio della strada, tenendosi allineati uno accanto all'altro, lieti che il traffico fosse diminuito e si potesse occupare tutto lo spazio intorno. Al loro passaggio una ventata di fresco la carezzò.

Camminò a passo svelto verso la stazione, vedeva i seggiolini andare e venire con le persone sedute sopra. Da quando si poteva stare all'aperto più a lungo, il Comune aveva ampliato gli orari dei trasporti pubblici, la seggiovia avrebbe chiuso alle dieci e mezza. Se si affrettava poteva farcela.

Prese un respiro profondo e inalò il fuoco liquido dell'aria. I passanti che incrociava non parevano soffrire il caldo, chiacchieravano sotto i cappelli variopinti dalla tesa ampia, portavano in braccio i sacchetti della spesa, gli abiti ritirati dalla lavanderia, il cibo appena comprato alla gastronomia. Tutti freschi, sorridenti, a loro agio.

Solo in quel momento Gazania si ricordò di non essersi spalmata la crema. Per la fretta era uscita senza protezione e ora sentiva ribollire la pelle. Rallentò l'andatura, schiacciandosi lungo i muri dei palazzi in cerca di un filo d'ombra.

Il cielo stava cambiando colore. D'un tratto comparve il vento da ovest, un soffio crescente che pareva spargere un velo di polvere grigia sull'azzurro intenso, spegnendo la forza della luce. Gazania arrivò alla stazione nel momento in cui l'inserviente stava chiudendo l'accesso alla piattaforma con una cordicella. Sgusciò attraverso il varco rimasto ed entrò. L'uomo scosse la testa.

"Al posto tuo non andrei su. Sta per succedere qualcosa, l'aria pizzica."

"Se mi fai partire subito sarò arrivata prima che scoppi."

Lui si strinse nelle spalle e manovrò le leve per rimettere in funzione il meccanismo. La processione di seggiolini si mosse in avanti, Gazania corse fino al bordo della piattaforma e saltò in piedi su uno schienale, aggrappandosi alla pertica centrale di metallo. Si voltò a mezzo, per fargli un cenno di saluto ma l'uomo era già sparito.

Il vento stava aumentando, scuoteva il seggiolino e pareva di stare in groppa a un animale imbizzarrito. Per una volta Gazania trovò più sicuro sedersi e legarsi. La teleferica si muoveva a velocità vegetale e lei si sentiva sempre più inquieta, un odore sconosciuto le entrava dentro col respiro, aumentando l'angoscia.

L'aria si stava offuscando come fosse scesa una nebbia. Forse ci sarebbe stata soltanto una bufera di sabbia, come capitava a volte nei passaggi di stagione. E i compagni, riconoscendone i segni, avrebbero protetto le colture esterne con teli di iuta, prima di rifugiarsi dentro la serra.

Qualcosa di umido le bagnò uno zigomo. Uno sputo dal cielo.

Sollevò la fronte, aspettandosi di vedere un uccello sopra di lei, invece il cielo era ricoperto di nubi basse e scure. Altre gocce fredde le diedero un breve sollievo al calore accumulato nel corpo ma subito dopo arrivò l'artiglio. La pioggerella si trasformò in una raffica di acqua gelida che pareva trafiggerla come tanti aghi d'argento scagliati dal cielo.

A metà della salita Gazania era fradicia. Stringeva la pertica di metallo mentre il vento impetuoso le toglieva il sedile da sotto il sedere, dandole la sensazione di essere appesa al tubo sottile e facendole temere di precipitare nel vuoto, se avesse perso la presa.

La cortina d'acqua le appannava la vista, la collina appariva e scompariva a intermittenza. Per ricordarsi di un uragano simile doveva risalire alla sua infanzia, una sera primaverile in cui i Curatori li avevano fatti rientrare di gran fretta nel Nido. Con i fratelli e le sorelle di Nido era rimasta alla finestra, a osservare la pioggia che martellava i giochi del giardino, allagava il prato, sommergeva i piccoli appezzamenti di terra che ogni bambino seminava e curava con le proprie mani. Quella volta però l'acqua era durata per non più di un quarto d'ora; il vento aveva trascinato via le nuvole e la Luna era tornata a splendere sulle pozzanghere. Ora, invece, pareva che sulla sua testa si fosse spalancata una vasca colma di tutta la pioggia non piovuta da anni e anni. Una pioggia al cui confronto i temporali primaverili del passato erano poche gocce traboccate da un secchio ondeggiante sulla testa di un'acquaiola inesperta.

Le stille fredde si mescolavano alle lacrime. A Gazania tornarono in mente i versi della poesia *Finis Terrae* e comprese che la fine non era sempre una brutta cosa. Stava vivendo la fine della siccità. La fine della tensione fisica del suo mondo, rimasto in attesa per tanto tempo del sollievo umido. Una muta esclamazione di piacere saliva dal terreno diversi metri sotto di lei, dall'erba, dai cespugli, da ogni virgulto ancorato al suolo in una spasmodica resistenza verde. Ogni vegetale intonava un canto di lode.

Quando giunse in cima alla collina poté vedere l'orizzonte e scoprì che il mare e il cielo si erano confusi, forse scambiati di posto. Il mare si era impadronito del cielo e da lì si divertiva a sciabordare contro la cima degli alberi in ondate sempre più alte. Voleva trasformarli tutti in pesci. Ogni animale sarebbe stato dotato di pinne e branchie, mentre i cespugli sarebbero diventati coralli, i fili d'erba alghe. Oh! Come tutto ondeggiava meravigliosamente. Come si stava bene sott'acqua!

Ma Gazania rideva, anche. I sussulti del petto le salivano fino alla gola, tanto che fu costretta ad aprire la bocca e lasciar sfogare una gran risata. Tempo di ridere! Non c'erano parole, gesti o azioni che potessero esprimere quello che aveva nel cuore, soltanto la combinazione di riso e pianto le dava sfogo.

All'altezza della stazione di Campo della Pace Gazania dovette slegarsi e riprendere il controllo delle dita, intirizzite nella presa, per scendere dal seggiolino. Si mosse impacciata e rotolò malamente sulle assi della banchina.

Si rialzò zoppicante, le faceva male un ginocchio ma non si fermò neppure a guardare se fosse ferita. Arrancò verso la serra. L'acqua continuava a cadere come un drappo di mussola che si stracciava al suo passaggio in fili umidi, spessi e lunghi.

A pochi metri dall'ingresso Tramonto le apparve la linea curva del tetto della serra. Si fermò a osservare il campo coltivato, in fondo al pendio. Le piantine di miglio e amaranto si piegavano delicate sotto le frustate del temporale ma l'acqua scorreva libera tra i filari e sfociava più a valle, formando un ruscello che scendeva verso Campo della Guerra. Gazania sorrise ansimante. Tutti in salvo, dunque.

Entrò nella bussola purificatrice e il soffio di vapore era l'alito di una madre animalesca che asciugava il suo cucciolo, lieta di vederlo tornare alla tana.

I compagni la accolsero con sorpresa, Amaryllis ed Hesperia le corsero incontro e l'abbracciarono.

"Ho avuto paura," spiegò Gazania.

"Paura di che? Che non sapessimo come comportarci con un po' d'acqua?" la prese in giro Giarra Nues.

"Giarra e Berano ci hanno portato una sostanza impermeabilizzante da spruzzare nei solchi del campo," spiegò Bocca di Leone.

"Non è ecologica," aggiunse Berano. "Ma si trattava di un'emergenza, giusto?"

"Voi sapevate..." chiese Gazania. "Sapevate che stava arrivando un uragano?"

"Ragazza, saremmo due idioti se in sessant'anni di coltivazioni non avessimo imparato a leggere i segni che annunciano il mutamento del tempo."

Gazania annuì, stringendo a sé i bambini.

"L'unico problema è stato arrivare in tempo per salvare le colture dall'allagamento."

Tutti sollevarono in silenzio la testa in direzione del tetto della serra, sottoposto al mitragliamento discontinuo della pioggia. Tutta quell'acqua sarebbe arrivata anche al sistema di raccolta e filtraggio del deposito sotterraneo della serra. Avrebbero potuto riprendere anche l'agricoltura di precisione.

Gazania era certa che gli affiliati sarebbero tornati e che nuovi, giovani affiliati si sarebbero fatti avanti. Un ciclo si chiudeva, un altro se ne apriva. Come sempre.

1.

"A Nord l'acqua è solida! E scende dal cielo."

Amaryllis piegò il collo di lato, il gesto tipico con cui esprimeva incredulità.

"Siamo stati oltre il sessantesimo parallelo e abbiamo fatto un omino di neve," continuò Hesperia. Quindi, vedendo che l'amico persisteva nell'atteggiamento "chi credi di prendere in giro," proiettò una galleria d'immagini e si mise a scorrerle rapidamente, in cerca di qualcosa che avrebbe testimoniato a suo favore.

"Hai il microchip!"

Amaryllis cadde dallo sgabello dello scetticismo. A Nord succedevano davvero fatti inconsueti e quello ne era la prova.

"Oh, sì. Me l'ha regalato il nonno. A Nord ce l'hanno pure i bambini, non aspettano i tredici anni."

Amaryllis rivolse un'occhiata a Gazania.

"Non fare il cane bastonato. A giugno compirai tredici anni e avrai il tuo microchip," rispose lei.

"Ecco, guarda!"

Hesperia aveva trovato la foto che cercava. La allargò con due dita e tutti poterono vedere Jerru ed Hesperia chiusi in pesanti giubbotti imbottiti, un cappello di lana in testa, mentre posavano accanto a un simulacro di essere umano fatto di materiale candido, gli occhi erano due pietre scure, il naso un rametto contorto, la bocca una fila di sassolini allineati a formare un sorriso.

"Non può essere fatto di neve," disse Amaryllis. "C'è il Sole! Si sarebbe sciolta."

"La temperatura quella mattina era sotto lo zero," rispose pronta Hesperia.

"Non ci credo."

"Ma', diglielo anche tu."

Hesperia si era rivolta ad Amegilla, che osservava divertita la scenetta, seduta al tavolo della gelateria.

"Sono sicuro che hai voglia di un gelato," aveva detto per prima cosa Amaryllis a Hesperia, quando si erano rivisti.

"A Nord si beve la cioccolata," aveva risposto lei, dandosi importanza.

Gazania aveva fatto tanto d'occhi verso Amegilla, che si era affrettata a precisare: "Cacao depurato da ogni alcaloide."

Alla fine Amegilla aveva ceduto all'invito del padre e dei fratelli e si era recata a trovarli, con tutta la famiglia. Il favoloso Nord l'aveva divertita ma nulla più. Preferiva di gran lunga vivere e lavorare a Campo della Pace, soprattutto ora che le colture erano in gran parte esterne alla serra e dalla zona del vallo si erano estese fino ai campi degli agricoltori indipendenti.

Mentre Hesperia continuava a mostrare la galleria di foto a un Amaryllis sempre più sulle sue, Amegilla si era alzata in piedi e aveva respirato a pieni polmoni l'aria salmastra spinta dal vento. Il mare, in lontananza, rovesciava sull'arenile ondate verde scuro e al largo appariva bianco di schiuma.

"Abbiamo vissuto per dieci anni nella serra e solo adesso mi accorgo di quanto è bella la vista da quassù," disse.

"Cambio di prospettiva," replicò Gazania. "D'altra parte, prima qui non c'era la gelateria."

Un gruppo di giovani intraprendenti aveva chiesto al Comune di poter utilizzare uno sperone roccioso nudo e abbandonato, che formava il cocuzzolo di Campo della Guerra, per aprire il locale e in un anno di lavoro avevano trasformato la roccia brulla in una serie di terrazze arredate, comunicanti attraverso scalette di pietra.

La gente ci veniva a godersi il tramonto insieme ai gelati alla frutta.

Un cameriere attirò l'attenzione di Amegilla. Si muoveva un passetto alla volta, reggendo il vassoio con le coppe decorate di ciliegine candite e granella di pistacchio, solenne come se stesse portando la corona a un re durante la cerimonia di investitura.

"Peccato che il servizio sia così lento," sussurrò a Gazania.

"Hai fretta?" rispose l'altra stiracchiandosi.

Amegilla scosse la testa. Il tempo era diventato una variabile secondaria. Anzi, la società scattante del Nord aveva leggermente irritato la sua calma psicofisica. Dal punto di vista vegumano nulla richiedeva sveltezza.

"Quest'anno il raccolto viene su bene."

Da lassù si vedevano i campi degli indipendenti, non più coltivati a meloni. I coltivatori autonomi avevano seguito l'esempio di Parsa e Aramu, rinunciando quasi del tutto alla fatica dell'agricoltura; per sé avevano tenuto un piccolo appezzamento in cui vegetare e ceduto in affitto al Comune il resto dei terreni, ora assegnati alla Astarte per incrementare la produzione di miglio.

"Indra mi ha detto che sono molto soddisfatti. Io sto seguendo poco le coltivazioni, sono sempre impegnata con gli esperimenti sui mobili viventi."

"A che punto sei?"

"Guarda sotto il tavolo," le disse con aria di mistero.

Amegilla si chinò verso la base del tavolino rotondo su cui si trovavano le coppe di gelato, ormai vuote. Il tavolo aveva un unico sostegno centrale, di legno liscio, grigio, leggermente ruvido, che scompariva dentro il terreno.

Lo toccò e sentì sotto i polpastrelli lo spessore scabro della corteccia di un albero e percepì il flusso della linfa. L'AmicaSole le aveva fatto sviluppare una sensibilità profonda alla vita vegetale. Toccando una pianta provava sensazioni simili a quelle che in passato aveva sentito accarezzando un animale domestico.

"Ce l'hai fatta!"

Gazania fece una smorfia.

Amegilla spostò lo sguardo per osservare meglio la sedia, ma sembrava essere un comune oggetto stampato in 3D.

"No, le sedie al momento crescono storte," disse Gazania. "Il sedile si forma con un angolo di trenta gradi in avanti, scomodissimo. Ci stiamo riprovando. Neria ritiene che si debba lavorare sulla temporalità dello sviluppo, vale a dire: escono inclinate perché abbiamo accelerato troppo la crescita."

"Ho avuto lo stesso dubbio poco fa, mentre osservavo Hesperia." Accennò col mento ai ragazzi, che si erano spostati sul parapetto della terrazza e si indicavano a vicenda qualcosa, puntando verso il mare. "Siamo stati via solo pochi mesi, eppure mi sembra cambiata come se fossero trascorsi anni."

2.

Di tanto in tanto, per schiarirsi le idee, Gazania usciva dal laboratorio e andava a zonzo per la città. A Neria diceva che voleva sincerarsi della salute delle lumache e saliva alla serra attraverso i passaggi della Duchessa, fra lunghe scale di cemento e gallerie verdi.

Dopo la prima tempesta, che aveva scongiurato il Grande Esodo e ridato vigore alla Permanenza, il clima era mutato. Le stagioni di mezzo erano ritornate più umide, le piogge si presentavano con maggiore frequenza, i bordi del deserto si ricoprivano di virgulti succosi, la terra arida retrocedeva.

Il pendolo sta oscillando dall'altra parte, diceva Retama. Ci sarebbero voluti ancora decenni, prima di vedere i risultati di una previsione statistica trasformarsi in un clima meno arido; nel frattempo l'AmicaSole li avrebbe sostenuti.

Sbucò davanti alla porta Alba della serra ma, invece di entrare, aggirò l'edificio e si fece un giretto nel vallo, in mezzo alle coltivazioni di miglio.

Le spighe delicate la intenerivano, le facevano pensare a una forza sotterranea che veniva lentamente alla luce e si esprimeva in modo garbato, senza bisogno della teatralità muscolare dei ficus o delle agavi. Lassù l'aria possedeva una leggerezza solenne e misteriosa, cancellava ogni fatica, ogni pensiero cupo.

Una figura dalla pelle verde scuro le stava venendo incontro, camminando con molta calma.

"Asfodelo!" lo salutò Gazania sollevando un braccio.

"Sei venuta a controllare la crescita? Hai fatto bene."

Da quando aveva smesso di radicare nel parco, Asfodelo parlava con una cadenza più umana, sempre lenta ma meno innaturale.

In certi momenti Gazania si vergognava di essere lieta della trasformazione del fratello di Nido. La pelle di lui era diventata un tegumento lucido e impermeabile come uno stelo di graminacea, aspetto di cui Asfodelo era orgoglioso, le iridi erano rimaste color del miele, ma ora si muoveva, chinava la schiena per strappare le infestanti, distribuiva i nutrienti con la siringa, pianta per pianta, e quando il miglio giungeva a maturazione aiutava i compagni della cooperativa a raccoglierlo. Il lavoro fisico aveva ammorbidito il corpo di Asfodelo e stare fermo al Sole non gli bastava più.

"Guarda come viene su bene. Hai mai visto cariossidi così gonfie? Quest'anno potremmo fare tre raccolti, ne sono certo."

E si piegava carezzando le piume verdi del campo.

Mentre camminavano raggiunsero Indra e Metis, impegnati a controllare con strumenti ottici di precisione alcuni esemplari, racchiusi all'interno di un riquadro di pareti di tessuto. Gazania sapeva che, a causa dell'aumento dell'umidità, avevano trovato qualche caso di ruggine bruna e stavano molto attenti a limitare i contagi.

"Oh Gazania, a che punto sei con i mobili viventi?" le domandò Indra. "Sarebbe ora che con il denaro ricavato ci comprassimo una mietitrebbia meccanica."

"Stai scherzando, vero?" si inalberò Asfodelo. "I mezzi meccanici sono pesanti, pressano le micorrize, comprimono le radici e tolgono ossigeno alla terra. Ammazzano i batteri indispensabili alla salubrità delle piante."

Metis sollevò gli occhi al cielo, spazientita. Prima che Indra potesse replicare, Gazania intervenne. "Ho letto da poco che nelle Due Terre stanno sperimentando la raccolta del grano usando delle formiche."

Asfodelo si zittì all'istante, improvvisamente curioso di sapere qualcosa di più sui biorobot inventati all'estero. Gazania dovette raccontare tutti i particolari dell'articolo che le aveva mandato il genetista con cui era in corrispondenza da qualche anno.

"Coi vegetali me la cavo," concluse, "ma ancora non ho il coraggio di mettermi a intervenire sui cromosomi degli animali."

"Oh, devi farlo!" disse Asfodelo. "Non possiamo restare indietro."

Metis rise di gusto a quest'uscita. "Siamo competitivi."

"Abbiamo il dovere di verdeggiare."

Prima che Asfodelo si lanciasse in un altro sproloquio ecologista, Indra gli chiese un parere sull'aspetto di alcune piante all'interno dell'area di isolamento. Metis ne approfittò per prendere in disparte Gazania.

"C'è un po' di maretta alla serra. Bocca di Leone non ti ha detto niente?"

"No. Cosa sta succedendo?"

"Qualcuno contesta l'uso delle lumache per la produzione della crema solare. È una soluzione crudele per gli animali."

"Be' gli aminoacidi delle *Chrysomallon* non si possono estrarre in altro modo."

"Personalmente non ci trovo niente di male. Vivere comprende sempre un certo grado di violenza, anche in natura. Forse ne dovresti parlare con Bocca di Leone."

"È da molto che non vado alla serra. Non mi sto occupando più delle questioni della cooperativa."

"Hai intenzione di fartene una colpa? Le cose cambiano."

Metis riportò lo sguardo su Asfodelo e Indra che discutevano animatamente, mostrandosi a vicenda alcuni chicchi di miglio nel palmo della mano.

"Guarda Asfodelo. Si rifiutava di lavorare, metteva in pratica una vita di sola contemplazione, e ora che potrebbe vivere radicato, nutrendosi attraverso il suolo... coltiva! Lui dice che, come vegumano, deve re-immettere nell'ambiente l'elaborazione di quanto ha ricevuto, ma a me pare una scusa per non riconoscere che il tempo ci cambia."

"Credo che non gli piaccia essere come gli altri. Finché c'erano soltanto lui e pochi altri a comportarsi da vegetali andava tutto bene. Ora gran parte dei cittadini possiede le radici e lavora il minimo indispensabile, perciò il suo modo per differenziarsi è ritornare alla terra in modo tradizionale."

"Banda di inquieti," borbottò Metis. "Anche Indra vorrebbe riprendere a occuparsi di clima."

"Te lo ha detto lui?"

"No, le sue radici. Certo che me lo ha detto lui. Parliamo tra di noi, cosa credi? A volte litighiamo, a volte scopiamo."

Gazania si sentì sollevata. L'umanità si comportava ancora secondo le vecchie abitudini.

"Potrebbe dare una mano a Retama con la stazione meteorologica."

Entrambe si voltarono in direzione di uno sperone della collina sul quale svettava una costruzione simile a una torre; dalle pareti trasparenti si scorgevano strumentazioni sofisticate per la registrazione dei fenomeni atmosferici. Con una parte dei soldi della vincita Retama Belu aveva realizzato il suo sogno di una sede in una posizione strategica. Trasmetteva sull'Hiperabitat un bollettino meteorologico due volte al giorno che, negli anni, era diventato la Nicchia più consultata della città.

"Tempo che passa, tempo che fa," disse Metis.

3.

L'interno della serra era mutato profondamente.

L'aria profumava di fiori umidi e cerosi, di laguna stagnante, di dolcezze zuccherine immerse in uno sciroppo tiepido. Quasi tutte le canalizzazioni erano state rimosse, a favore di appezzamenti di alberi da cui pendevano grappoli di carambole come mammelle di divinità vegetali; i rambutan rossi e pelosi si accendevano tra le foglie verde scuro degli arbusti, come gli occhi di un drago mutante; le perle oblunghe dei kumquat splendevano al posto delle arance.

La cooperativa aveva deciso di assecondare la mutazione climatica della serra dedicandosi ai frutti tropicali. D'altra parte, la frutta era diventata il cibo preferito dei Radicati, che la suggevano attraverso le radici quando l'apporto idrico del terreno non era più sufficiente.

Una zona aveva conservato le canalette, non più attraversate dall'acqua ma ora trasformate in base di accrescimento del muschio che tanto piaceva alle *Chrysomallon*. Infatti decine di esemplari strisciavano sul velluto lucido dei muschi, nutrendosi delle particelle di alghe che vi crescevano sopra, formando delle corsie sovraffollate sopra e sotto. Filari e filari di lumache, centinaia di gusci neri e lucidi, di ogni dimensione, percorrevano i luoghi dove prima erano cresciuti i pomodori e gli spinaci.

Bocca di Leone stava irrorando sul muschio una sostanza ricca di microelementi, Gazania lo salutò e lui interruppe il lavoro per abbracciarla.

"Metis mi ha detto che ci sono dei problemi con le lumache."

"Le lumache stanno benissimo. Sono gli esseri umani a protestare."

Bocca di Leone le fece cenno di seguirlo. La condusse da Aster e le indicò quella che sembrava una grossa pietra nera spruzzata di vernice color rosa fluorescente, ai piedi della cactacea. La pietra tirò fuori gli organi di senso telescopici e si mosse verso di loro come un cagnolino felice di vederli.

"Tenebra Strisciante? Non capisco."

"Amaryllis le ha dipinto il carapace perché aveva paura che, per errore, finisse 'in pentola.'"

Amaryllis ed Hesperia, insieme agli altri bambini della serra, erano stati assegnati alla cura delle lumache.

"Poi ci ha riflettuto sopra e ha trovato ingiusto che Tenebra sia protetta mentre tutte le sue sorelle sono destinate alla morte," continuò Bocca di Leone. "Perciò da qualche settimana non ne vuole più sapere di occuparsi delle lumache. E ha sobillato anche gli altri, ovviamente. Abbiamo cinque lavoratori tredicenni in sciopero."

"Gli hai spiegato come stanno le cose? Non possiamo fare a meno degli aminoacidi delle lumache, almeno per ora. Forse in futuro riusciremo a trovare un sostituto sintetico..."

"Gazania, il problema non sono le lumache."

Bocca di Leone prese un gran respiro mentre fissava Aster, come se confidasse nella pianta per trovare le parole giuste.

"Amaryllis sta crescendo. Anzi, è già cresciuto, siamo noi che lo vediamo ancora come un bambino. E si sta ribellando. Non vuole più stare qui."

"Giarra Nues mi diceva di aver bisogno di un apprendista. Potrebbe imparare a coltivare la lavanda."

L'altro scosse la testa. Gazania si sentì pervadere da una grande angoscia. Si tolse i sandali e posò i piedi nudi sul terreno. Cercava il conforto di Aster.

"Senti, è inutile girarci attorno. Amaryllis vuole prendere il volo."

Gazania premette con forza le piante dei piedi per affondare meglio nel suolo e raggiungere l'amica verde. Mai come in quel momento sentiva l'esigenza di avere radici profonde, doveva resistere a un vento forte.

Bocca di Leone attendeva una sua risposta e lei stringeva i denti, spingendo le sue corte radichette come i rostri dei semi volanti, perché si ancorassero al suolo, in cerca d'aiuto, ma Aster pareva non badarle, scorreva lontana, impegnata nei suoi scambi col mondo sotterraneo; forse non l'aveva neppure riconosciuta. Si sentivano così di rado, ormai.

"Deve averlo convinto Hesperia. Da quando è tornata non fa che parlare del Nord."

"I racconti di Hesperia gli hanno dato una direzione in cui guardare. Amaryllis è irrequieto, come tutti i ragazzi della sua età. Ha bisogno di scoprire il mondo."

"Tu hai già deciso."

"Il Nord non è un luogo di perdizione. Anche a me è piaciuto, quando sono andato a trovare Xilo. Ci si può vivere, per qualche tempo."

"Quanto tempo?"

"Dovrebbe essere lui a deciderlo, non credi? Il prossimo anno sarà maggiorenne, possiamo obbligarlo a stare qui ancora per un po', e lui obbedirà. Ma ci aspettano mesi di cattivo umore, occhiate torve e lavoro eseguito male. Oppure posso invitarlo a venire con me all'inizio dell'estate, quando tornerò da Xilo."

Bocca di Leone e Xilo avevano trovato un accordo, si vedevano per cinque mesi l'anno. Bocca di Leone soffriva le temperature del Nord, eccessivamente fredde per i suoi gusti, perciò trascorreva l'estate col marito e ai primi freddi scappava nel vecchio, caldo Sud.

Ogni fibra del corpo di Gazania si ribellava a quella proposta. Una corrente di rabbia le sgorgò dal petto diffondendosi verso l'alto e verso il basso, le attraversò la testa e le caviglie, si sparse nel terreno come un miasma velenoso. Aster si accorse della sua presenza ma si ritrasse, spaventata.

"No! Non permetterò ad Amaryllis di andarsene! Tu puoi fare quello che vuoi ma lui deve stare qui, dove sono le sue radici!"

"Gazania, ti capisco..."

"I bambini non devono andarsene! Non possono andarsene! Perché abbiamo fatto tutto questo? Perché siamo mutati?"

Le sue grida non turbarono Tenebra Strisciante, che continuò ad avanzare verso di lei, placida e lenta sul suo binario di muco, come la locomotiva di un trenino scolpito nell'ossidiana.

Aster presentì l'azione che Gazania stava per compiere e urlò. Urlò come possono farlo i vegetali, pompando più linfa nelle radici, sferzando i miliardi di batteri presenti nel suolo con una scarica elettrica repentina, in maniera silenziosa, apparentemente immobile.

Gazania ricevette tutti i segnali ma i muscoli erano già in moto: con un movimento fulmineo sollevò il piede destro, trascinandosi dietro frammenti di terra e filamenti candidi, e lo calò sulla lumaca schiacciandola con rabbia.

Il contraccolpo le arrivò fino ai denti, violento e inaspettato. Con le lacrime agli occhi per il dolore, Gazania comprese di essersi fratturata il tallone. Il guscio dell'animale conteneva una tale quantità di ferro da renderlo infrangibile. Crollò a terra e le braccia pronte di Bocca di Leone la sostennero accompagnandola dolcemente tra le zolle dello spazio in cui, anni prima, aveva coltivato le fragole.

Dopo un attimo di incertezza, Tenebra Strisciante venne fuori dalla buca che il suo corpo aveva formato nella terra morbida per effetto dello schiacciamento e riprese a muoversi, facendo ondeggiare il carapace rosa. Illesa, sembrava vagamente sdegnata per la botta e si allontanò dai due umani in cerca di creature più gentili.

4.

Campo della Guerra teneva fede al suo nome alternando aree brulle, desolate, a muri mezzo crollati e abitazioni prive del tetto. Alcune zone erano circondate da recinzioni di metallo arrugginite, in gran parte crollate, simili al filo spinato delle trincee.

I vegetali spuntavano tra i mattoni caduti, assaltavano scalinate di pietra e si protendevano dall'interno delle case; interi cespugli affacciati dai cornicioni cadenti; i rami dei fichi come braccia attraverso le finestre prive di infissi. Filari di canne frusciavano al vento seguendo la riga di un canale di gronda. I cardi sbucavano dal cofano di una automobile abbandonata. Le foglie dell'albicocco avevano ricoperto un tavolo in muratura, rivestito di piastrelle colorate.

Gazania scendeva quel versante della collina percorrendo un sentiero di cemento, caldo di Sole, di fianco al muro di recinzione di una villa; la barriera era alta cinque o sei metri e ornata da una graziosa fila di punte di metallo acuminate.

Dall'altra parte del muro le giungevano suoni di tuffi e risate. Maledetti spreconi, pensò. Il piede destro, nudo, chiuso fino alla caviglia in una capsula rigenerante di fibra di carbonio, ticchettava a ogni passo.

Bocca di Leone le aveva detto che i piccoli ribelli avevano abbandonato la serra. Qualcuno li aveva intravisti fra le rovine di Campo della Guerra e lei conosceva bene il posto. I Curatori del suo Nido conducevano spesso tutta la nidiata in quel magazzino di meraviglie botaniche. Aveva imparato lì a distinguere il tarassaco dalla cicoria, la ginestra dall'euforbia. Il *ficus robusta*, al termine del sentiero di cemento, era un vecchio amico. Carezzò il tronco liscio, così simile a una pelle di elefante, a come immaginava che fosse una pelle di elefante, e proseguì.

Sapeva che in fondo alla strada, superato un arco di pietra, si trovava un cancello di metallo, sempre aperto. Da lì si arrivava ad altre vecchie abitazioni, abbandonate da prima della transizione energetica.

Sentiva che i fuggitivi dovevano trovarsi laggiù, tra quei muri pieni di graffiti misteriosi, gli stessi che avevano provocato le sue fantasticherie infantili. Infatti, a un certo punto del cammino, le giunsero delle voci. Accelerò il passo. Aveva proprio voglia di parlare con loro, guardandoli in faccia. Banda di irriconoscenti. Era inevitabile sacrificare qualcosa al cambiamento, la legge naturale lo prevedeva, la terra stessa era una stratificazione di esseri viventi, animali e vegetali. Si viveva sopra il disfacimento di altri.

"Secondo me ci protegge." La voce di Masarina, la figlia di un trasportatore.

Qualcuno le rispose ma Gazania non distinse le parole, aveva accennato una corsa ma il piede racchiuso nella capsula rigida glielo impedì, perciò si trascinò sulla gamba sinistra per piombare su di loro di sorpresa.

Arrivò al cancello e con stupore lo trovò chiuso. Provò la maniglia ma era proprio chiuso a chiave. Il trambusto fece voltare i ragazzi, che si trovavano poco più avanti, intenti a contemplare un muro intonacato su cui era stato inciso un volto ambiguo dai solchi verniciati di rosso, ormai scolorito.

Vedendola, Hesperia e Amaryllis accennarono a fuggire, imitati dagli altri, ma quando Gazania si aggrappò alle sbarre del cancello e le scosse con rabbia compresero che non poteva raggiungerli e tornarono sui loro passi con aria calma e beffarda.

"L'avete chiuso voi?" disse Gazania. "Apritelo! Devo parlarvi."

"Ti ascoltiamo," rispose Amaryllis.

Gazania fece un passo indietro per scrutarli meglio e ciò che vide la sorprese.

Nessuno di loro aveva la pelle verde. Per coerenza, si rifiutavano di portare l'AmicaSole, si erano dipinti il volto, le braccia, le gambe, con una pasta bianca di terra calcarea polverizzata e olio. Si erano adornati la fronte di coroncine vegetali fatte di convolvoli intrecciati e sulle spalle avevano legato una mantellina di foglie secche di ficus cucite insieme per proteggersi la schiena.

Amaryllis la fissava con un'aria di sfida che non gli aveva mai visto prima; la bocca sottile atteggiata a una smorfia di sdegno – dov'erano le labbra piene e sorridenti che ricordava? quando erano state sostituite? – un accenno di peluria gli scavava le guance dandogli un'espressione affamata. Hesperia invece teneva le ciglia basse, ma di tanto in tanto la sbirciava da sotto in su, irritata dalla sua presenza. Abbiamo la nostra vita da vivere, diceva quel corpo acerbo sul punto di maturare – le era cresciuto il seno, come mai non se n'era accorta prima? – abbiamo i nostri enigmi da discutere e tu non puoi spiegarci tutto.

D'un tratto Gazania perse la baldanza feroce che l'aveva condotta fino a lì. Anche i loro compagni, figli di due affiliati e un trasportatore della serra, parevano mutati nel giro di poco tempo; la ragazza, Masarina, era diventata alta e flessuosa e aveva deciso di farsi crescere i capelli, che le ricadevano come onde scure sul volto imbiancato; i due maschi, Naman e Naja, si erano irrobustiti e gonfiavano i muscoli, consapevoli di essere carichi di potenza aggressiva.

Quasi adulti. Pronti per spiccare il volo, come aveva detto Bocca di Leone.

"Quel graffito laggiù, sul muro, è una gorgone," disse Gazania, indicando l'argomento della loro curiosità poco prima che lei arrivasse. "È un volto femminile mostruoso, molto antico. Il suo compito era proteggere, sì, ma non noi poveri idioti di passaggio. La gorgone teneva lontani i curiosi dai misteri."

Stupiti, i ragazzi avevano voltato le teste per osservare il disegno. Gli occhi erano a mandorla allungata, le pupille due cerchietti scolpiti all'interno; possedeva un accenno di naso e la bocca pareva una mezza Luna con i corni all'insù, da cui spuntava una lingua appuntita, rossa come sangue. La lingua era l'unico tratto di vernice che non si fosse scolorito, forse perché chi veniva a renderle omaggio rinfrescava la tinta.

"Quali misteri?" chiese Naman.

"Tutto. Tutto quello che si trova dall'altra parte di un muro di cinta, di una porta chiusa, di una grata abbassata, di una lapide senza nome, di un armadio serrato, di un forno in cui cuoce il pane."

"Se lo so che c'è il pane, per quale motivo dovrei aprire il forno?"

Amaryllis aveva un tono pacato, privo di arroganza o provocazione. L'atteggiamento cortese di un estraneo che porta avanti la conversazione con un altro estraneo. Gazania lo fissò negli occhi e lui sostenne lo sguardo, senza timidezza. Era serio. Meritava una risposta altrettanto seria. La verità.

"Perché non credi più a quello che ti dicono gli adulti."

5.

Dopo la partenza di Amaryllis e Bocca di Leone l'estate divenne meno brillante.

Insieme a Neria, Gazania riuscì a modificare la velocità di sviluppo delle sedie viventi, agendo sulla captazione mitocondriale del glucosio dal substrato di crescita. Neria aveva avuto ragione, un lieve rallentamento della nutrizione vegetale faceva crescere la pianta in modo corretto, il sedile si formava in senso orizzontale rispetto alla base. In realtà ottennero uno sgabello, perché la spalliera non si formò, ma il risultato le faceva sperare.

Il laboratorio era stato spostato dal seminterrato dei Belu a un edificio messo a disposizione dal Comune dentro il parco di Monte Laro, un'antica costruzione ombreggiata da grandi querce. Per tutto il mese di maggio Gazania trascorse i giorni e le notti immersa nel lavoro sperimentale; dormiva su una stuoia in un angolo del laboratorio, si lavava nei bagni dell'edificio, suscitando l'ammirazione dei giovani collaboratori, giunti da tutta l'isola per portare avanti il progetto dei mobili vegetali.

Una mattina di metà luglio si affacciò dall'ingresso principale e rimase a osservare le nuvole che si rincorrevano nel cielo. Il dolore era svanito, restavano i ricordi di due bambini di nome Amaryllis ed Hesperia, due figure che esistevano soltanto nella sua mente perché ormai le persone reali erano cambiate. Le restava la formula dell'AmicaSole.

La moda dell'arredamento vivente stava prendendo piede, diverse società private le commissionarono tavoli e scaffalature verdi per gli uffici. Il denaro confluiva nel conto della cooperativa da cui, di tanto in tanto, Gazania stornava piccole cifre per acquistare un paio di sandali nuovi o alcuni libri.

Comprò anche i fumetti di Kynganna e si appassionò alle avventure dei ragazzini mutati in animali. Negli ultimi numeri alcuni membri della banda si trasformavano in salici e provavano l'incredibile esperienza di essere vegetali. Storie che a Gazania parevano già vecchie; realtà che si stavano realizzando nel remoto angolo di mondo in cui viveva. L'esperienza, tuttavia, le aveva insegnato che per alcuni il Nord esercitava un fascino più potente del mettere radici a casa propria. Sarà il magnetismo dei poli, pensava, rassegnata.

D'altra parte, i semi si allontanano dalla pianta madre, è inevitabile. Non avrebbero spazio per svilupparsi, né acqua a sufficienza. Volano via appesi a un'elica piumata, come quelli del *taraxacum officinale* in un turbinio di vento e desiderio di scoperta.

"Tigmotropismo!" le aveva detto la Nonna. "Dovresti sapere che ne esistono due forme. Nella versione positiva la pianta usa il supporto per arrampicarsi e salire verso la luce, nella versione negativa si allontana dall'ostacolo che le impedisce di svilupparsi."

"Sono io l'ostacolo?"

"Non fare la finta tonta, Zizzania. Tutti i genitori sono di ostacolo, a un certo punto della vita. Parliamo di cose serie: do l'arrivo delle cicogne dieci a uno. Ti consiglio di puntarci sopra qualcosa."

La Nonna bazzicava sempre intorno alla serra, raccoglieva scommesse, per nulla turbata dai cambiamenti. Aveva pagato ai Belu la vincita sulla Permanenza senza batter ciglio. Il suo conto bancario doveva essere vasto come la piana del Mare dei Diamanti. Se la trovavi in una giornata buona, riuscivi a carpirle qualche informazione su come allevare le

Chrysomallon, ma non prima di averti sottratto venti o trenta erui, obbligandoti a puntare su una delle sue innumerevoli scommesse aperte.

"Ci stiamo staccando dal passato," aveva detto a Gazania in un momento di euforia, forse dovuta al vino. "Abbiamo chiuso con l'obbligo di rimediare ai danni dei nostri antenati, la loro supremazia è finita. Adesso siamo noi a decidere come modellare il mondo."

Gazania aveva rimuginato a lungo quelle parole.

Indubbiamente l'AmicaSole aveva cambiato la loro vita. Qualcuno si stava già chiedendo se anche l'invecchiamento del corpo sarebbe stato rallentato dalla crema solare: un uso costante li avrebbe fatti arrivare ai centocinquant'anni delle querce? Oppure, come già capitava con gli innesti biologici, la risposta sarebbe stata diversa da individuo a individuo?

Per riflettere Gazania si recava da Aster, ma invece di infilarsi tra le spire verdi dei suoi fusti intrecciati dentro la serra, si arrampicava nella metà esterna della pianta. Stare nell'utero verde di Aster la irritava, come quando i bambini allontanano infastiditi le effusioni troppo appiccicose delle madri, perché vi scorgono il tentativo di ritornare da due a uno, il rimpianto della fusione originaria. Era stato bello essere uno, ma non si poteva esserlo per sempre. Il tempo aveva separato la madre dalla figlia e la figlia era lieta di essere se stessa, autonoma, indipendente.

In questi momenti comprendeva la lontananza di Amaryllis ed Hesperia, il loro desiderio di essere altrove.

Si metteva a piedi nudi su un'isoletta di terra, accumulata dal vento in un incavo delle foglie ipersviluppate di Aster, e da lì contemplava l'orizzonte – il mare turchino che sfumava nel bianco accecante delle piccole dune di sale del Mare dei Diamanti, le montagne scure a chiudere la scena – e vedeva con chiarezza un futuro di possibilità infinite, una diversa per ogni essere umano. In cima alla collina dei ragionamenti svettava la bandiera del distacco dagli antenati, dai loro passi falsi, dalla loro ignavia, e le dava un piccolo brivido.

La pelle spalmata di AmicaSole la mimetizzava come un camaleonte; la terra sotto i piedi nudi faceva da cuscinetto e da mezzo di risonanza, amplificando le sensazioni di entrambe.

Che sciocchezza concentrare gran parte degli organi di senso nella sommità del corpo, nella testa. Gli esseri umani erano progettati secondo una modalità verticista che impediva loro di mettersi in contatto con la base su cui poggiavano e da cui dipendevano, la Terra. Aster, invece, percepiva attraverso ogni sua parte del corpo e pulsava secondo vari ritmi. C'era quello pacato, profondo, delle radici le cui punte, i meristemi, crescevano di poche molecole alla volta, ma si infilavano in profondità o lateralmente, inseguendo il richiamo ipnotico dell'umidità, la santa, meravigliosa umidità nascosta diversi metri sotto terra.

Poi c'era il tamburreggiare solenne con cui Aster comunicava ai pinastri, ai lentischi, alle ginestre che lei era lì, che prosperava e augurava anche a loro di vegetare allo stesso modo; e riceveva le risposte dei fratelli e delle sorelle vegetali, ciascuno col proprio ritmo. I flussi più inesplicabili riguardavano i minerali: variavano di continuo, probabilmente in base alla loro concentrazione nel suolo, producendo una cacofonia dalle sfumature metalliche.

Ogni tanto un grosso moscone ronzava a spirale intorno a Gazania, chiedendosi se fosse un palo metallico, un tronco vegetale o una roccia dalla forma insolita; le vespe sfregavano l'archetto sui loro violini in un basso continuo, decidevano che niente di dolce si trovava sulla pelle di Gazania e svanivano in un calando lontano.

Quella sinfonia collettiva generava una comunità di viventi e la loro divinità era il Sole. Il Sole è sempre stata anche la mia fonte di vita, pensava Gazania, lasciando che il collo facesse ondeggiare la testa al ritmo che saliva dai piedi lungo le gambe, formando un vortice all'altezza dell'ombelico. Adesso però so cosa significa attingere direttamente alla sua forza. Dà una grande euforia e anche una grande calma. Niente di male può capitarti quando una simile potenza ti prende sotto la sua protezione.

Siamo sempre più simili, io e te.

Aster rispondeva mandandole dei piccoli scoppi intermittenti di linfa nei suoi tessuti. Gioia gioia gioia. Anche le piante selvatiche sembravano esultare tutte insieme, liete di accoglierla nel tempio del Sole, nonostante la stranezza della sua forma e la labilità delle sue radici. Durante lo scorrere delle ore, immobile in cima ad Aster, poteva percepire, come un sommesso prurito, le piccole escrescenze candide della pianta dei piedi che si protendevano dentro il terreno, si uncinavano, succose e robuste, ai suoi granelli e la collegavano al mondo di sotto.

Più di una volta aveva avuto la tentazione di non scendere più, di restare lì per sempre, totem vegumano, ponte tra i mondi. Se lo avesse fatto la sua comunione col creato avrebbe conosciuto la semplicità dell'acqua e della terra. Ma uno spirito tenace come una lappola la obbligava a staccarsi da quel raccoglimento arboreo e muoversi. Camminare! Camminare! gridava la voce interiore.

Ora vado, diceva Gazania ad Aster. Ho bisogno di muovermi.

Ti muovi, rispondeva Aster. Ti stai muovendo ogni secondo che passa. Sì, sì, bisbigliavano anche gli altri vegetali, ti muovi, ci muoviamo, tutte insieme noi scendiamo...

Ho bisogno della mia velocità.

Ringrazio Marcella Cancedda per la revisione del testo, sempre attenta e spietata. Vincenzo Spasaro per avermi parlato della Chrysomallon e per l'incoraggiamento. Il mio editore, Francesco Verso, per la pazienza e la fiducia.

Indice

Progetto grafico Alda Teodorani
Immagine di copertina di Dayana Montesano